突然美女のごとく

totsuzen bijo no gotoku mariko hayashi

林真理子

マガジンハウス

化粧する本当のワケ

目次

ノースリーブの資格

コートの独り言

突然美女のごとく

イラスト

著者

化粧する本当のワケ

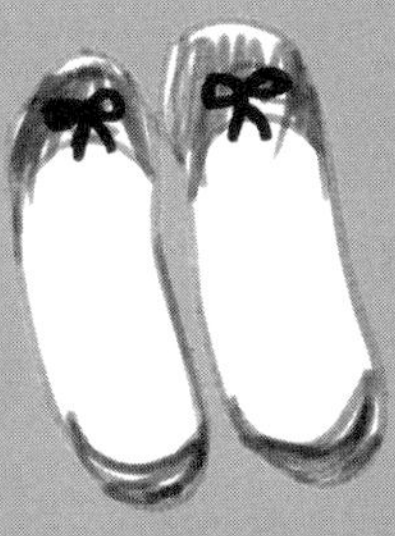

そうよ、私は銀座のママ！

銀座の超高級クラブで、ママをすることが決まった私。

一ヶ月も営業するため、十人以上の「一日ママ」が必要で、友だち、知人にお願いしまくった。有名人で華やかで、自分のお客を呼べる人は限られる。

原則「一業種一人」としたのは、お客さまの取り合いにならないためである。が、私がママ確保に向けて、忙しい日々をおくっている間に、他の人はもう〝営業〟を始めていた。

「もうー、電話をかけまくって、一生懸命ですよー」

と編集者のナカセさんが言った。編集者といっても、最近はテレビのコメンテーターとしても人気の彼女は、お金持ちのおじさんのファンがいっぱいいる。

「お金をたっぷり遣ってくれる、ぶっといお客を見つけなきゃ」

と言っているが、きっと何人も来てくれることであろう。

他に一日ママを勧めてくれるのは、漫画家の西原理恵子さんであるが、西原さんといえば、高須クリニックの高須院長という仲よしがいる。大金持ちの高須先生、きっと親友のためにシャンパンを抜いてくれるに違いない。

「ママたちに、その日の売り上げを競わせる」

という声もあり、私も数少ないお金持ちの知り合い何人かにメールを打った。

「これこれこういうわけで、被災地支援のお金を稼ぎます。どうか私のママの日に、お店に来てくださいな。同伴、アフター、大歓迎です！」

しかしたいていの人は、

「その日は忙しい」

ということで断ってきた。

「おっ、いいねえ、アフターつけてやるよ」

というメールをくれたのは、マガジンハウスの編集者テツオ氏であるが、お金があるとも思えないし、アフターといってもせいぜいが安いイタリアンに行くぐらいのはず。ちなみにアフターというのは、お店を閉めた後、ホステスさんをどこかに連れていってあげるということであるが、たいていが高級鮨屋さんとか、遅くまでやっている豪華なレストランみたい。

そんなある日、ナカセさんから電話がかかってきた。

「ハヤシさんは、ママの日、どんな格好するんですか」

「もちろん着物よ。私、いいおべべを、いっぱい持ってるから、その中から銀座のママらしい派手なのにするわ。それと髪はね、さゆりママ（本物）行きつけの、銀座八丁目の美容院でアップにしてもらうつもり」

「ハヤシさんは着物があるからいいなあー。私、この頃また太っちゃって、着るものがないんですよ」

「私の着物、貸してあげるわよ。いっぱいあるから、オッホホ」

私は銀座のママらしい鷹揚《おうよう》なところを見せたのであるが、ナカセさんは、

「汚すと悪いから」

ということで、ラメのワンピースを買ったそうである。それどころか、遅い夏休みをとったタイからのメールでは、

「こちらでシルクドレスやアクセサリーを、どっさりオーダーしました」

だと。すごく力が入っている。私も負けてはいられない。いくら着物だからといって、デブのままでは、どこかの占いのおばさんのようになってしまう。そんなわけで、このところ二日に一度、加圧トレーニングに通っている私である。

「お腹を何とかしてください、お腹を」

とトレーナーの人に頼んだ。実はこの私、二年間もこのジムを休んでいたのだ。秘書のハタケヤマからは、

「毎月かなりの会費を払ってるんですよ。もうやめたらどうですか」

と文句を言われたばかりだ。とはいうものの、私は最初に五年コースの入会金を払って

いる。もったいないので今さらやめられない。

ところが、なんと嬉しいことであろう。一ヶ月に六回のチケットは、休んでいた二年間分プールされ、今でも使えるそうだ。

「だから、ハヤシさん、毎日来ても大丈夫」

ということで、精を出して来ているわけだ。このあいだ一泊の国内旅行で、たらふく食べたため、体重が戻りかけたが、今のところ順調にダイエットは進んでいる。来月すぐには無理だが、月末には、妖艶で美しい銀座ママが誕生するのではなかろうか。

「お店に来て」

とメールを打った女友だちから、こんな励ましがきた。

「昔、勤めていた頃に、あの高級クラブに何度か行きましたが、この世のものとは思えないくらいすごい綺麗な人がいっぱいいたのが忘れられない。あんなすごい店のママになれるなんて、映画女優になったような気分でしょうね」

だって。

そう、あのロココ調の店の中、私はママ。男の人の熱い視線を浴びながら、店を歩き、お客さまに挨拶し、心をくばる私はママ。

ダイエットをするのに、これ以上のモチベーションがあろうか、皆さん、羨ましいでしょ。

小心者だから…

皆さん、既に私の性格をかなりご存知だと思うが、すべてにおいて、オールオアナッシング。中間がない。

ダイエットにしても同じ。今まで二年間会費を払い続けて一度も行かなかった加圧トレーニングに、今は週に三回も行っている。

ここのパーソナルトレーナーは、みんな若くてイケメンで、そりゃ親切です。が、内心、私のカラダの固さにびっくりしているのではないかと思う。

前屈の時など、

「もうちょっと頑張りましょう。もうちょっといけるはずですよ」

しかし、いけないいんです。

トレーニングウェアを着て、大きく足を拡げて前屈する。この時鏡を見ると、お腹が三段になっている。それでも必死に前に倒れようとしている非常にぶざまな私がいる。まるで顔がかわいくないぬいぐるみみたい。いちばん太って見えるポーズだ。本当につらいです。

が、しっかり現実を見据えなくてはいけないと自分を励ます。頑張ったおかげで二キロ減った。しかしそれから動きがないのは、毎日のように続く外食のせいだ。

気の張る人と一緒の時には残せない。フレンチやイタリアンだと、パンやパスタをパスし、和食の時はご飯を食べないようにする。この程度だと現状維持がやっとだ。

だから仲間同士と行く時は、みんながわいわい食べてるお皿に、ちょびっと箸を伸ばすというのが理想の食事スタイル。

ところが中には、すごく気がきかないコといおうか、場の空気が読めない女が必ずいるものだ。

ちゃんと布のナプキンのつくレストランに座るやいなや、

「私、今日はお腹いっぱいだからスープだけでいいワ」

などと平気で言うのである。

気が小さい私などは、もうおろおろしてしまう。

「せめてみんな前菜をとって、それぞれメインを少なめにとりましょうよ」

などと折り合いをつけようとしても、

「だって私、お腹いっぱいなんだもの。ホントにいらなーい」

こういう女は、本当にしめ殺したくなってくる。お腹がいっぱいならば、

「レストランじゃなくて、カフェにして」

とその前に言うべきではなかろうか。

私はお店に失礼にならない程度に、他に何皿かオーダーする。こういうことをするから、もちろんワリカンということにはならず、私が全額払うことになる。ええ、払いますとも、全額ね。

私の脂肪は溜まって、お金がまるっきり貯まらないのは、こうした小心さのためであろう。

結局他の三人はスープ、そしてサラダ、パスタをみんなでシェアし、私一人だけがメインを二つ頼んだ。

しかし運ばれてきたアクアパッツァを見たら、量がハンパじゃない。どうもシェフが私を見て張り切ったらしいのだ。大喰いの噂は、かなり巷に浸透しているようだ。私一人頑張ったがとても入らない。

「申しわけないけれども、半分しかいただけません」

と断って下げてもらった。みんなにも分けるつもりであったが、誰も手伝ってくれないのだ。

そして次に運ばれてきたブイヤーベースを見て絶句する私。大皿に盛り上がっているのである。

私ももうお腹がはちきれそう。しかし友だちは、ワインを飲み始め、誰も〝取り皿〟なんて言わない。いったいどうしたらいいんだ。このすごい量のブイヤーベース。手をつけるのはとてもムリ……。

私の困惑しきった顔に気づいて、サービス係の人が言った。

「持って帰りますか？」

「お願いしますっ！」

本当に助かった。まるっきり料理に手をつけずに帰るなんて、シェフに失礼だし、だいいちもったいない。しかし問題が……。

「どうやってお持ちになりますか。うちにはタッパーがないんですよね」

「そこの右側にスーパーがあるから、私、今走って買ってきますよ」

「いいですよ。皿ごと持っていってくださいよ」

えーっと驚く私。

「皿は今度いらっしゃる時に返してくれればいいですから」

ということで、皿にホイルをかけてくれた。幸い歩いて帰れる距離で本当によかった。私はまだほかほかと温かいお皿を持ちながら、夜道を歩いた。星を見上げて思う。こういう努力をひとつひとつしながら、人はダイエットを成功させるのではないだろうか……。

そして今日も加圧トレーニング。腕をベルトで縛り、ダンベルをぐっと上げる。そしてマシーンで拡げる。夏の間、一度も出すことが出来なかった私の二の腕。そお、クリスマスまでにはヒト様にお見せすることが出来るに違いない。その日のために！　うきーっ。

女王の飲み方

銀座の一流クラブで、一日ママをしてわかったことがある。

それはものすごく肌の調子がよくなったということ。なんだかスベスベして、お化粧のノリもいい。どうやらいろんな人に見られた結果、私の中のかすかなフェロモンが動き出したようだ。

このところ少量のお酒を毎日飲んでいるのもよかったみたい。

このあいだの「アンアン」で、お酒の特集をしていたが、お酒というのは友だちにしておくと実に頼り甲斐があって楽しいけれども、折り合いが悪くなるとちょっと大変なことになる。

というのを、私たちの世代だとカラダで知っているワケ、学生時代、男の子にやさしくしてもらいたいばかりに、女の子は無理して飲んで、ゲーゲー地面に吐いたものだ。お酒の上での失敗も数知れず。私などここに書けないようなことをいっぱいしてきた。

しかし私がエラそうに言うほどのこともない。この頃の女の子って、お酒の飲み方がうまい。男の子よりも、はるかにお酒を飲むし、飲み方も知っている。

よく言われることだけれども、この頃の男の子って、乾杯の時に平気で「ウーロン茶ください」なんて言う。乾杯のビールをひと口飲んだってバチはあたらないだろうに。その点、女の子は飲めないコでも、

「一杯だけおつき合いします」

と感じがよい。そう、

「私って飲めないんです。すぐ真っ赤になって気持ち悪くなるし、くどくどくど……」

と自分がなぜ飲めないかを説明する人がいるけれども、ガンガン飲む人たちがよほど鈍感に見えてくるではないか。やはり女の子は、やんわりと、

「一杯だけおつき合いします」

と、ひと口だけでも飲むのが好ましい。

私は、女性だったら、最初の一杯はシャンパンがおすすめ。季節のフルーツを入れてもらい、ミモザとかベリーニにしてもらうのはおしゃれですね。

私は男の人と二人きりでご飯を食べる時は、必ず最初はシャンパンをグラスで頼む。華やかで気分が盛り上がり、いかにも「デイト」という感じ。その後、料理によってワイン、日本酒とお酒を変えていく。

ワインといえば、名誉ソムリエの資格を持つ私。知識はそれほどないけれども、ついワインリストを眺めたくなってしまう。男の人たちも、私がワイン好きなのを知っているので、

「ハヤシさん、好きなもの選んで」

というこどになる。そしてソムリエの人とあれこれ相談するのはとても楽しい。金額を口にするのはナンなので、たとえば八千円ぐらいの予算だったら、近い金額のワインを指で示し、

「このくらいの金額で、ボルドータイプのかなり重いやつ」

とか言えばいいわけだ。しかし私の食の師、山本益博さんからすると、これはあまりいいことではないらしい。

「女の人がソムリエ相手に、丁々発止とやるのは日本ぐらい」

とはっきりおっしゃる。

「ヨーロッパでもアメリカでも、ワインリストを開いて、ソムリエと話すのは男性の仕事ということになっているよ。だから外国人が、日本でのレストランの光景を見るとびっくりしちゃうみたいだね」

「えー、じゃあ、私みたいにワインリストを見るのはいけないんでしょうか」

「まあ、ワインリストを見てもいいけど、ソムリエに注文するのは、男性にしてもらった方がいいね」

ということ。海外の方が案外男尊女卑だ。

つい先日のこと、取材で男の人と食事をしなくてはならなくなった。彼は親しい男友だちなのであるが、あらたまって専門のことを聞きたかったのだ。

イタリアンのレストランで、私は彼にワインリストを差し出して言った。

「今日は取材のお礼だから、どうぞお好きなものを飲んでね。まあ、ほどほどってことはあるけど……オホホ」

フランスワインと比べて、イタリアワインは高いといっても知れている、と思っていたのであるが、相手は大喜びで、

「わー、一度飲みたかった○○○がある」

などと言い出し、ちょっとイヤな予感がした。そして勘定書きを見たら、やっぱりいつもの倍。ちょっとむっとした私は、心が狭いんでしょうか。やはり払う方が主導権を持つべきだとつくづく思った。

ところで世の中には、各業界、女王さまと呼ばれる方々がいる。実力があって美しくて、仰ぎみる男たちがいっぱい、という女王さま。こういう方々は例外なく大トラである。私はこういう女王さまの醜態を何度見たことであろうか。お店の中でわーわー泣いたり、人にからんだり、カウンターで寝込んだりする。けれどもおとりまきの男の人たちは、「仕方ないな」とつぶやきながら、抱えて女王さまをつれていく。ものすごく高度なお酒テクニック。どんなに酔っても嫌われない。そうして自分への忠誠度を試している。

私はそういう時、どさくさにまぎれて女王さまが注文した高級ワインをいただいたりしている。

週刊誌の記事

あけてもくれても、ダイエットのことばかり考えている私。

そして、おいしいもののことに、一日の大半をついやす私。

このところ秋の会食が増えて、体重もまた増え出した。本当に悲しい。が、おいしいものはおいしいから仕方ない、と居直る私。

このあいだは二年ぶりぐらいに、麻布十番のKに行った。ここは昔、グルメ秋元康さんに連れていってもらってから、自分でも本当によく行った店だ。ここの名物は、お食事の最後に陶器の釜で炊いたご飯に、ご主人がトリュフをスリスリして混ぜてくれる。

ひとこすり五千円と言われる高価なトリュフを惜し気なく何回も往復させてくれるのだ。炊きたてのご飯とトリュフが混ざり合い、そのおいしいことといったらない。おかげで店は大繁盛。

が、思わぬアクシデントが襲った。Kには可愛いおかみさんがいたのだが、離婚した時にいろんなゴタゴタがあったらしい。男と女のことだからそれは構わないとして、そのおかみさんは週刊誌にお店の内部事情をいろいろぶちまけたのだ。下品な言葉であるが、こ

ういうのを〝最後っ屁〟というのですね。そしてそのぶちまけ方はすごいものがあった。

「あそこのお酒は、みんな水で薄めてる」

「トリュフご飯なんて、ほとんどトリュフオイルのにおいで誤魔化している」

私はすべてのことを信じていたわけではないが、それでもなんとはなしにそのお店から遠ざかってしまった。

ところが、二年ぶりに行ってみると、カレイの松茸巻きも、〝おつくり〟も涙が出るくらいおいしいではないか。特に圧巻は〝トリュフ〟ご飯であった。久しぶりに来た私への歓迎の意味もあってか、トリュフのスリスリをそれこそ六往復してくれた。

私は大盛り二杯食べた。

「もー、おいしかったじゃん。本物のトリュフは使ってくれたし、目の前でおろし器で、あんなにスリスリしてくれたし。週刊誌の書いたことってウソなんじゃないの。私、もう週刊誌の記事なんか信じないようにしようかな」

そこで最近心にひっかかることを思い出した。そお、肥満専門のあの病院のことである。

長くこのページの読者だったら、私が二年前に激痩せしたことを憶えていられよう。二ヶ月ぐらいで、十五キロ減ったのは、すべてそのクリニックのおかげであった。何種類かの薬はものすごく高かったが効き目も早く、私を見て驚いた人たちは、こぞってそのクリニックに向かったものだ。

そこの医師からもらう食欲を減退させる薬は、確かに心臓がドキドキしたけれど、痩せるためにはこのくらい我慢しようとけなげに考えていた私。

しかし好事魔多し、といおうか。

「こんなにカンタンに痩せられた幸福が長く続くはずはない」

という私の予感は大あたりだった。そこのクリニックから急死した人が出て、週刊誌にでかでかと出たのである。

あの時はびっくりしたなあ。記事を見た人、何人もから電話があり、

「ハヤシさん、クスリに頼って痩せよう、っていう根性は捨てた方がいいよ」

などと注意されたのである。

が、このところやはり患者であった、ぽっちゃり型の友人と話す。

「私たちみたいな人は、やっぱり自力では痩せられないのね」

「どうする？　〝悪魔の館〟にもういっぺん行こうか」

という話になり、二人でこう決めた。

「今月中は、とにかく自力でダイエットをする。それでもダメだったら、二人でもう一度あのクリニックへ行こう」

しかしうちの秘書のハタケヤマは、本気で怒った。

「ハヤシさん、絶対にやめてください。もし本当に行くとなったら、私、後ろから羽交い締めします」

などということがあり、ぐずぐず、行くのをためらっていたのであるが、あのKへ食べに行ってから考えが変わった。

「そーよ、週刊誌に書いてあることはたいていウソなのよ。あのクリニックはちゃんとデブを痩せさせてくれる、私たちにとっては最後の砦《とりで》なのよ」

ということで、来月もしかすると行くかもね。が、私はまた新しいダイエットを始めた。それは「朝食スープカレーダイエット」というやつ。民主党の議員さんがこれを始めたら、一ヶ月で六キロ痩せたそうである。キャベツ、トリ肉、シメジ、プチトマトをひと煮たちさせ、それにカレー粉を入れるというシンプルなやつ。まだ体重の変化は訪れてないが、もしそうなったらまっさきに皆さんに教えます。

ところで今年（二〇一一年）の〝オジカワ〟、若くてきゃしゃなコが着ると本当にかわいいですね。おじさんっぽい服装をすることで、かえって若さが強調されるのだ。

今日、ニューヨークコレクションから帰ってきたばかりの編集者が、別件で打ち合わせに来た。〝オジカワ〟であった。確かにかわいい。私は思う。どうして〝オバカワ〟はないのだろう。おばさんは何をしてもかわいくないのか？　ひがむぞ。

いろんな選択

チャリティのため、〝銀座一日ママ〟をしたことを、週刊誌のグラビアが報じてくれた。

私は深く後悔した。悲しかった。

超美人の本物ママと、美しいホステスさんに囲まれて座っている、このヘンなおばさん誰？　という感じ。

美人と私とはどこがどう違うのか、時々考えるけど、よーくわかった。顔の大きさが違う、パーツの出来が違う。何もかも違う。わーん……。

「仕方ないわよ。この髪のせいもあるかも」

と慰めてくれた友人がいる。

「ほら、銀座ママのヘアスタイルって、貫禄出すためにフケづくりにするじゃない。それでいつもよりも、ずっとおばちゃんっぽく見えるのよ」

わざわざ銀座の一流美容院へ行き、銀座ママ特有の、前髪にひさしをつける髪型にしてもらった。私はすごく気に入っているのであるが、こうして写真にとると顔がはっきり出

るためにに、アラも目立つわけである。

ところで初ママ出勤の次の日、私はとある料亭にご招待された。名を聞いただけで食いしん坊の私など、体が震えるくらいの超高級料亭。

実はその日、大切な用事があったのだが、急用が出来た、とか言ってキャンセルしてしまった。

「ハヤシさん、ひどいなあ。ちゃんと出席の返事くれたでしょう」

と文句を言う編集者に、

「だって○○に招待されたんだもん」

と答えたところ、

「ああ、それじゃ仕方ないですね」

あっさり引き下がったぐらいの店だ。

超高級料亭だからお料理がすごい。そのうえ芸者さんもやってくる。お酌をしてくれたり、なんだかんだと会話でもりたててくれるためだ。

その中に一人、ものすごく可愛くて若い芸者さんがいた。まだ二十代半ばぐらいであろうか。目がパッチリしていて上戸彩ちゃんに似ている。その上戸彩ちゃんは、一流どころの芸者さんであるから、着物もあっさりと品のいいものだ。そして髪を真ん中に分け、後ろでひっつめている。ふつうならおばさんの髪型であるが、それが彼女の若さを引き出していることに私は感動した。地味な髪ゆえに、肌の美しさや目のパッチリ度がひきたつ。

ぴっちり撫でつけてるから、髪のツヤツヤもよくわかる。

「そーか、わざとフケた髪にするから、若く見えるんだ」

長く培われた水商売の知恵であろう。

ところで話は変わるようであるが、スター運動選手のお母さんって、強烈なキャラの持ち主が多いですよね。マスコミにも積極的に出て、愛敬を振りまく。それはいいとして、かなりの割合で個性的な格好をしている。

名前を出して申しわけないが、体操の内村航平選手のママにはちょっとびっくりしたかも。四十代の後半ではないかと思うが、おさげにしてピンクのゴム、Tシャツにローライズのデニム、ロンドンティストのベルトという、十代の女の子のファッションなのである。

ふつうの髪型だったらなかなか綺麗な女性である。それをおさげにしたばっかりに……。

ヘアスタイルがいかに大切か、という見本を続けて見た。若さを引き出すために、わざと地味にフケさせるっていうアイデアいただけますね。ま、綺麗な人は何をしても綺麗なんですけどね。

ところでまた、全然話は変わるようであるが、少し前に「元ミス日本」編集者のことを書いたと思う。

美人編集者と呼ばれる人は何人かいるが、彼女の美しさ、背の高さはケタが違っていた。しかし裏方の仕事であまりにも美人過ぎるのは、いろいろとわずらわしいこともあるらしい。時たまパーティーで見かける彼女は、いつも黒のパンツにひっつめ髪という地味な格好であった。

ところが最近会った彼女はすっかり変わり、茶色にカラーリングしたボブ、最新のファッションという、どこから見てもモデル風に変身していたのである。

「もう美人なんだから仕方ないでしょ」

という居直りを私は高く評価したのであるが、

「ハヤシさんの書いたとおりですよね」

と彼女の同僚の男性が言った。

「彼女中身も変わって、もうボクと飲みにいくこともなくなりましたよ。もう無理はやめたーっていう感じです」

外見を自分の思うままにするのは楽しい。

平均以下の人ならば、平均以上にするために、なみなみならぬ努力をするわけであるが、平均のはるか上を行く人たちは、自分のプレゼンテーションをどのへんにおくか、いろんな選択が出来るわけだ。

同性からは嫌われるかもしれないが、ひたすら美人道をつっ走るか。

うーんとおさえ気味にして、無難な人生を歩むか。メイクとファッションで、その都度調整出来るわけである。

それにしても美人って楽しそう。

悲喜こもごもの男たち

楽しかった銀座ママも、三日間やって終わった。

最後の日は、なんと秋元康さんが来てアフターをつけてくれた。アフターというのは、ホステスさんをお店がはねた後、どこかへ連れていってご馳走してくれることですね。

といっても秋元さんと二人きりではない。奥さんも一緒だ。それどころかテツオも、柴門ふみさんも、ダンナさんの弘兼憲史さんもみんなやってきて大宴会となった。

みんなでビールを飲んでワイワイやっていたら、襖《ふすま》が開いて一人の男性が入ってきた。

「やあ、こっち、こっち」

と弘兼さんが呼ぶ。

「この人、僕の友だちで今日誘ってたんだ。お店の方には間に合わなかったけど」

その男性はとても地味な感じで、最初は誰の関心もよばなかった。彼はおとなしく弘兼さんの隣りに座り、黙ってお酒を飲み始めた。

その時だ。弘兼さんが言った。

「そう、そう、彼は女優の○○○○のダンナなんだ」

部屋の空気が一瞬にして変わった。○○○○さんというのは、魔性の女としてあまりにも有名だったからである。みんなシーンとしてしまい、さすがの秋元さんも声を発しなかった。

その時だ。ギョーカイの魔性の女としてあまりにも有名な、脚本家の中園ミホさんがいきなりこう尋ねたのだ。

「○○○さんって、いったい何人殺したんだっけ」

いくら酔っているからといって、ものすごく大胆な質問！　確かに彼女のために自殺した人がいたけど、「殺した」はちょっときついのではないだろうか。

しかしその男性は少しもイヤな顔をせず、淡々とした口調でこう言ったのである。

「彼女も僕も地獄を見た者同士。なんとか一緒に生きていますよ」

彼も離婚や借金のごたごたで、ものすごくつらい日々を過ごしたようだ。

「あの時は本当に死のうと思ってましたから、彼女の気持ちもわかるし、大切にしていこうと思ってますよ」

エライ。なんていい男だろうかと、私はすっかり感心してしまった。

そして昨日のこと、私はある会社のうんとえらい人とご飯を食べていた。この方は五十代なのであるが、つい最近再婚したばかり。今、流行の年齢差婚で、奥さんは二十二歳下なんだと。

「へえー、すごいじゃん。若い女のコつかまえるなんてやるじゃないですか」

私がからかったら、彼がしみじみと言った。

「ハヤシさん、前の女房の時に本当につらいイヤなめにあったんだから、今、ちょっと幸せになってもいいじゃない」

この言い方がなかなか中年のいい味出して、私は彼のことを見直してしまった。

それにしても男の人って、案外いろんなしんどい思いを胸にかかえているんだなあ。つらいと言えば、私と仲のいい若いドクター、A氏からメールがきた。

「今日は風邪をひいて、ずっと寝てます。ひとりで病気って本当につらいです。さっき起き出して、やっとカップヌードルをつくって食べました」

私はメールをすぐに返した。

「私がちゃんとお嫁さんを探してあげる。こういう時におかゆをつくってくれる人を早く見つけようね」

実はこのドクターに、もう二人の女性を紹介しているのであるがなぜか実らない。彼があまりにもいい人なので、若い女の子ってちょっとナメてかかるところがあるような気がする。が、イケメンだし、大病院で働くドクターだし、彼なんか女の子がすぐとびつく対象だと思うのだが、案外そうならない。

私はかわいそうになり、さらにメールした。

「よし快気祝いをやってあげる。元気になったらすぐ、おいしいお鮨を食べにいこう」

こんなことばっかしてるので、デブがすっかり定着してしまった。何度も言って申しわけないが、おしゃれ心もすっかり失せてしまった。私、なにしろ昨年のものがまるで入らないのである。つい洋服を決める時も同じもんばっかになってしまう。

こういう時に救ってくれるのが〝巻きもの〟であろう。今年はとにかく〝巻きもの〟が大流行。これがないととり残されてしまう。

私はお話ししたとおり、友人に頼みロスからアニマル柄とペイズリー柄のふたつを買ってきてもらった。ひょう柄は私の大好物。いかに品よく大人かわいく、ひょう柄ものを身につけるかが最近の私のテーマだ。なんてえらそうに言ったけど、単に他のアイテムが選べないだけ。

そんなある日、六本木ヒルズで、すごくかわいい巻きものを見つけた。小さなひょうのぬいぐるみのぺったんこになったもの。首に巻きつけると、なんともかわいいではないか。

〝銀座の女〟にしちゃ、ちょっとチープなひょうの衿《えり》巻き。しかしチープなものもちゃんと着こなせる女でいたい。そーよ、それには中身と心が若々しくないとね。チープアイテムを着こなせなくなると、女はいっきにおばさん化する。

女もつらいよ。

時代は吉高！

　私の住んでいる町では、ハローウィンが盛んであった。

〝あった〟と過去形になるのは、続く不景気とこのたびの大震災で、外国人の家族がどっと帰国してしまったからである。

　私がこの町に引越してきた十年前は、外国人（欧米の方々ですね）が住む界隈は、どこの家でも趣向をこらしてハローウィンの飾りつけをし、外国人の人が、

「ハッピーハローウィン！　ハッピーハローウィン」

と声をかけていたものである。

　夜遅くまで、両側の家にずっとあかあかと灯がともり、まるでお祭り騒ぎであった。しかしこのところ、ハローウィンのお菓子を配るところはとても少ない。だからこそ、わが家はがんばってしまうわけだ。

　インターネットで買った、かぼちゃのパッケージのお菓子を六百個用意し、東急ハンズで買ってきたかぼちゃのランタンを吊るす。そう、そう、機械じかけの魔女の人形もガ

レージの奥から出してきた。

そして夫と待つうち、子どもたちがママに連れられてお菓子をもらいにやってくる。

「トリック　オワ　トリート」

（お菓子くれなきゃいたずらしちゃうぞ）

とよくまわらぬ舌で言うコもいて、かわいいったらありゃしない。

この町は少なくなったといっても、外国人の若い家族が多く、したがってハーフの子も多い。

ハーフの女の子が、アリスやシンデレラの仮装をしてる様子は、芦田愛菜ちゃんも真っ青の愛らしさである。このまま子役としてデビューさせたいくらいだ。

そして子どもたちにつき添ってくるママたちの若く美しいことといったら。この町は言ったらナンであるが、都心に近い高級住宅地でもある。そのせいか若いお母さんが美人揃いなのだ。時たま近くに住む芸能人の方も、お子さんを連れてこっそりいらっしゃるが、女優さんかタレントさんかと見まごう人もいっぱい。

「この町って、キレイな人がいっぱいだよね。ふだんはママチャリ必死でこいでる人ばっかり目に入るけど」

と隣りにいる夫に言ったら
「えー、誰が。どこに？」

と相変わらずボーッとした返事である。

が、途中で私が用事のため、ちょっと出かけたら猛烈に怒り出した。

「予定があるんなら、もうハローウィンなんかやんな。わかったかー」

と怒鳴りまくり、二日後の今日にいたっても口をきかない。

ホントにイヤなオヤジ。どうしてあんなのと結婚したんだろうとぷんぷんしていたら、昔の対談記事が出てきた。新婚でアッアッの頃である。あの頃は本当に仲がよかったのに、こんなやさしいことを言ってくれた男の人は、今、いったいどこに？

いったいどこに？　ということで言うと、昔つき合っていた男の人と、ケイタイがつながらない。着信拒否になっているようなのである。これも悲しい。私は別に焼けぼっくいにナントカ、などとは考えていない。ただちょっと近況報告をして、甘い記憶のキャンディをちょっとなめたいだけなのに……。

ああ、人は恋をする時間って、長いようで短い。そして短いようで長い。というのは、若い時はご飯を食べるように、恋愛というものが自然にあり、それをガツガツ食べる。そして中年になってきて、もう終わりかな、と思うと、女として嬉しいサプライズが時々起こったりするのである。

しかしこの頃の女の子というのは、とても恋愛ベタのようだ。フジの「私が恋愛できない理由」を見るとよくわかる。

あの中でいちばんリアリティがあるのが吉高由里子ちゃんだろう。香里奈はあまりにも美人過ぎて、この人がモテないのはウソだろうという感じ。

大島優子ちゃんは可愛らしくて、ふつうっぽくていじらしい。だが今どき、男の人にお弁当渡すのってアリであろうか。それにテレビを見ている人は誰でも思うことであろうが、女優さんというのはやはりスゴイ。たとえ背が低くても体のバランスがよく、オーラをぷんぷんはなっている。美人とかかわいいの基準が違うのだ。その点「ふつうかわいい」大島優子ちゃんは、女優さんにはさまれてちょっと可哀想かもしれない。

それにしても吉高由里子ちゃんってすごいとつくづく思うのは、地味な就活スーツを着た時である。誰が着てもダサく無個性になる黒のスーツに、安っぽい黒のビニールバッグ。それなのに彼女が身につけると〝顔力〟がむんむんとはなたれるのである。地味だからこそ、ますますキラキラ度が強くなるのである。

そう、私は以前ここで書いたことがある。知り合いのS心女子大の女の子が、就活スーツのまま、うちに来たら、すごく可愛かったということを。人妻がいちばん色っぽいのは喪服を着た時。かわいい女子大生だと就活スーツかな。それにしても吉高の小さな顔とあの目！　一見ふつうっぽくてちょっとないぐらいキレイ。時代は今、彼女にきてる！

お嬢さまたるもの

忙しい、忙しい、忙しいよーッ。

今までだって充分に忙しかったのに、週刊誌の小説連載と新聞の連載小説を増やしたら、はっきり言って、

「もう死ぬ〜〜」

という感じである。

こうなったのも本が売れなくなったせいである。そーよ、この「美女入門」シリーズだって、前は発売すれば固く売れてたのに、今はセコい数しか売れない。印税が少なくなった分、原稿料で埋めようとしたらこんな殺人的スケジュールになったワケ。どう考えたって自分のキャパシティを越してしまった。

もうどうしていいのかわからないくらい忙しい。

そのため、買物する時間もなくなってしまった。ヘアカットになかなか行けず、このあいだの日曜日ようやく出かけて、ついでにカラーリングもしてきたぐらいだ。おかげで順調にいっていた加圧トレーニングにもご無沙汰している。そろそろエステにも行きたいけ

どじっと我慢。どんどん小汚いおばちゃんになっていくような気がする。

とにかく痩せるのも、肌にレーザーあてるのも、マッサージしてもらうのも、恋愛も、そう夫婦ゲンカも今は出来ない。夫とやり合って、なんだかんだぐちゃぐちゃするのもめんどうなので、今はただ、ハイハイと耐えている私。

なんか昨年の洋服を着て、黙々と仕事をしてるのみの私を憐れんで、友だちが食事に誘ってくれた。彼女は東京でも有名な遊び人グループに入っている。彼女の仲間はまぶし過ぎて、私はつき合ったことがない。というものの、時々は彼女経由で会うこともある。

その夜彼女は一人の女性を連れてきた。

「〇〇〇のお嬢さまなのよ」

日本でも有数のオーナー企業のお嬢さまだという。びっくりした。キャバ嬢のような化粧をしていたからである。

彼女ほどではないにしても、お嬢さまというのはなぜかケバい人が多い。ネイルなんかそれこそ凝りに凝っている。それでハワイなんかでしょっちゅうゴルフしているから、結構陽に灼けてる。デブはまずはいない。

もちろん清楚なお嬢さまもこの世にいるのだろうが、確率からしてかなりお化粧が濃いコばっかりである。お金とヒマがあるせいだろうか。それともゴルフ灼けをカバーしようとするあまり、どんどん濃くなっていくのだろうか。私にはよくわからない。

ずっと前、かなり派手なパーティーに出たことがある。その時、とても目立った女の子たちのグループがいた。みんな露出の高いブランドもののドレスを着ていた。中のリーダー格のA子ちゃんは、これまた誰でも知っている有名企業のお嬢さまであった。しかし装いはものすごくおハデでも、顔はややおジミだったかもしれない。

ところがつい最近のこと、あるオープニングパーティーで、「ハヤシさん」と声をかけられたがまるでわからなかった。顔をものすごくお直ししていたからである。別人と思うくらい変わっていた。

大胆なところもお嬢さまの特徴であろうか。しかし私は思うのであるが、キレイでないお嬢さまはちょっとかわいそうかもしれない。

たとえばふつうの女の子の場合、あまり容姿に恵まれなくても男の人が寄ってくることがある。この場合、

「お金が目当てだろう」

と女の子が悩むことはない。

「カラダが目当てかしら」

と思ったとしても、まあそれはそんなにイヤじゃないですね。することは同じだから。

しかしお嬢さまはものすごく悩むことになる。

「パパの名前にひかれて私のところに寄ってきたんじゃないかしら。もしかするとお金が目当てなのかしら」

考え過ぎて恋人と別れてしまった財閥のお嬢さまを知っている。また地方の大金持ちの

お嬢さまは、ある有名な俳優さんとつき合っていた。めちゃくちゃハンサムな男だ。しかし彼女はといえば、まあ庶民レベル。彼女は親が買ってくれた豪華マンションに住んでいて、そこへ時々彼がやってくる。

「でもいつ来るかわからないので外に出かけられないの」

とここまで尽くしたのに、結局彼が結婚したのは某美人女優であった。私は彼女がいいように利用されたとしか思えない。

さて、マガジンハウスにはいないが（たぶん）、お嬢さま雑誌をつくっている出版社の編集者やライターは、お嬢さまばっかりで有名だ。そのお嬢さま人脈で記事を作ることが多いからだという。新入社員の編集者が、貸し出しの洋服をうまく揃えられなかった時、

「うちの外商になんとかさせますから」

と言ったのは有名だ。そのうちに「富豪刑事」ではなく「富豪編集者」がうちにやってくるかも。ビンボーになった私のとこへ。

独身女子の義務

毎日ものすごい忙しさ。長いこと、この仕事をしているが、これほど忙しかったことはかつてないと思う。大げさではなく、生きているのがやっと、という感じ。

つくづくわかったのであるが、おしゃれとか顔やボディのケアというのは、余裕がなくては出来ないことだ。この頃の私は、エステに行くのはおろか、マッサージもパックもしていない。お風呂から出てきても、ボディミルクやマッサージクリームも塗る余力がない。一刻も早く寝たい一心で、パジャマに着替えるやベッドに飛び込む。

それどころか、買物をするヒマもないのだ。このあいだ久しぶりに行きつけのショップに行ったら、

「ハヤシさん、どうしてたんですか」

と店員さんに心配された。

「九月に買われたジャケット、袖丈詰めてずっとそのまんまですよ。何度もいらしてくだ

さいって電話したんですけど……」

いけない、すっかり忘れていた。そのうえにスカートを二枚買って、

「このあと寄るところあるから、ジャケット取りにくる時持ってくワ」

とそのままにしておいたのである。

そのジャケットとスカートは、どうみても秋物。今はもう十一月の終わり……。悲しい。道理で着るものがないと思った。

そんなことより、体型もぷくぷくしてきた。そう、心を入れ替えて加圧トレーニングを始めたばっかりだったのに。ちゃんとダイエットしようと思ってたのに……。

わーん。私はちゃんとしようと思ってるのに、忙しさが私をデブでブスの道へと追い立てているんだワ。もう泣けてきちゃう。

負け惜しみに言うわけじゃないけど、美人ってやっぱり多少はヒマじゃないとなれないと思う。そうそう、私と仲のいい女性編集者が、出版不況やナンダカンダで、現場から離れた。総務のわりとラクな部署に移っていたのだ。編集をしていた時は、時間も不規則で夜も遅い。つき合いで飲むことも多かった。しかし今は定時に帰れるので、彼女は毎日のようにジムに通い始めた。すると疲れたあまり夕食をとる気にもなれず、すぐに寝てしまうそうだ。

そうしたら、あーらら。魔法のように彼女は三ヶ月で十キロ近く痩せ、スタイルもぐっと引き締まったのである。

「今後は婚活に力を入れる」

と新しい展望も拓けたようだ。

ところで話は変わるようであるが、つい最近女優さんを交えて会食の機会があった。そうしたら男の人たちのはしゃぐことはしゃぐこと。クールなイケメンということになっていた友人さえ、

「僕らにとって○○さん（女優の名）は、もろストライクなんですよッ」

と大はしゃぎ。

「本当にお会い出来るなんて夢みたいだなあ、嬉しいなァ」

私は彼のこんな顔を一度も見たことがない。美しい人というのは、これほど人を幸福にするんだワとしみじみ思う。でもこんなのもちろん口惜しくて言っているのであるが、女優さんとかタレントさんって、美しさを保つのが仕事なのよね。ふつうのコが会社に行くように、撮影のない時は、エステやジムに行くのよね。しかし、だったら同じこととして、あれだけキレイになれるのか、と問われれば、ゴメンナサイをしてひき下がるしかないのであるが……。とはいうものの、ひき下がれないのが独身の女の子である。

はっきり言うが、独身の女は、家庭持ちの女に比べてずっと時間がある。すごく忙しい、と言っても、家庭と仕事を持っている女よりはるかに自分の時間がある。その時間、本を読んで欲しいが、せっぱつまってる年齢であったら、やはり美のために使わなくてはならない。

カロリーを抑えた夕食を摂った後、好きな音楽を聞きながら、ストレッチ体操したりペディキュアしたり、お風呂上がりだったら、全身を軽くマッサージしながら点検する。そーよ、このあいだの「アンアン」で特集してたみたいに、セクシュアルなボディをつくらなきゃね。隅々までうーんとキレイに磨きたてるのは、独身の女の子のたしなみというより義務。

そうして一歩外に出たら、女の子は過酷なレースに参加しなくてはならない。そう、素敵な配偶者を見つけるレースである。若くいちばんキレイな時に、相手を見つけないといろいろ苦労が多くなる。

私のまわりの女は、このレースをなめてかかってた。参加しなくてもちゃんと賞品をもらえると思ってた。それが間違いだったとベソかいてる四十女は、私のまわりにゴロゴロいる。そして気をつけなくてはいけないのは、レースの基地といおうか、中継所を片づけておくこと。クリーム、ローラーの類はちゃんとしまっておくこと。典型的な干物女だった私は、万が一の場合も部屋がすごい惨状で何度チャンスを逃したことか。途中でレースを棄権したことが何度もある。

もう一度はっきり言う。若いってことはヒマってこと。神さまがくれた未来のための時間、有効に使わなくてどうするの！

私の〝モテキ〟

ちょっと前のことになるが、「モテキ」という映画がものすごく流行ったことがある。

見に行こうと思っていたら終わってしまった。全くこの頃の映画ときたら、サイクルが早くてイヤになってしまう。

それはそうとして、この映画にひっかけ、ある雑誌で「私のモテキ」という特集をしていた。いろんな有名人に「自分のモテキとはいつだったか」をアンケートしているのである。

それを見ているとよーくわかるが、世の中でモテるとか、プレイボーイとか呼ばれる人ほど謙虚である。私と仲のいい三枝成彰さんは、いっときいろんな女優さんと噂が立ち、しょっちゅう週刊誌をにぎわせていたが、彼いわく、

「ゲイでない限り、四十代の独身だったら誰でもモテる」

そうだ。前の奥さんと離婚したらやたらモテだしたというのである。しかしこれはやはり三枝さんだからであろう。この頃私のまわりでも四十代に突入した独身男がいっぱいい

るが、彼らはモテなかったから結婚出来なかった感がアリアリ。

さて、これといって男にちやほやされたこともなければ、いい思いをしたこともない私であるが、過去にたった一回だけ「モテキ」を経験したことがある。あのモテ方というのはまるで夢をみているようだったと、今でも思うことがある。

それはいつかというと、知り合ったばかりの夫に、熱烈にプロポーズされたばかりの時である。

「ま、結婚してもいいかなァー」

というエラそうな、いつになく上から目線となった私は、船に乗り込んだ。ちょうどその頃、豪華客船によるクルーズに招待されていたからである。

そして船に乗ったとたんに、私の「モテキ」はまるで魔法をかけられたように、始まったといってもいい。

船内で知り合った船会社の人と仲よくなり、そして降りた後、一回食事をした時にかなりマジメに口説かれたのである。

その前日、夫と結婚の約束をかわしたばかりだったからよかったものの、魅力的な中年男のアプローチに、私はすんでのところで、不倫に走るところであった。

そればかりではない。

「私、結婚するから」

と告げたところ、ある男性はわっと目の前で泣き出すではないか。

「ボクは君のこと大好きだけど、相手にしてもらえないとわかってた。だけどつらい」

とか言って、レストランのテーブルで泣かれた時は本当に困った。

そしてもう一人の、単なる男友だちだと思っていた人からも、

「ボクは人生でいちばん大切なものを失くしたんだ……」

とか言われ、もう一人毎週デイトを重ねて、かなり狙っていた某エリートからは、

「オレのこと、馬鹿にしてんのか。オレのことナメてんのか」

と怒鳴られた。ま、この男はのらりくらりしていたので、

「だって先着順だよ。今、本当に私と結婚する気があるなら、考えてやってもいいけど」

と、言ってやったが、ドラマのようなことは起こらなかった……。

しかしこれまでのメンバーは、別にこれといった関係もない男たちである。私は最後に舌なめずりするような感じで、ある男性の反応を待った。

この男こそ二十代の半ばから結婚するまで続いた、なんといおうか腐れ縁といおうか、私の青春を彩った恋人。

私は彼のことが本当に好きでたまらなかったのであるが、

「オレは一生誰とも結婚する気がないから」

と最初に宣言され、そのうえモテる彼は浮気もしょっちゅう、くっついたり別れを繰り返していた。別れている最中、彼は他の女性と同棲していたこともある。

どんな女もそうであるが、こういう風につれないことをさんざんされてきた男に、

「私、結婚するからさ」

と告げる瞬間は、まさに女の醍醐味といってもいい。

「ざまあみろ」

という感情と、

「今、私を奪って」

という思いがないまぜになり、気分は最高潮。女が一生に一度だけ、ヒロインになれる時である。彼は私からの電話を受け、夜中にさっそくとんできた。そこでの別れ話の楽しいシーン、流した涙の甘さは、今考えてもわくわくするわ。

私は、女の「モテキ」というのは、誰かに深く愛された時に異常発生すると断言する。その時はどんな女だって、全身からキラキラ光線が出てきて、それにいろんな男たちが寄ってたかってくるに違いない。

その意味からして、今はただのガミガミオヤジであるが、私に「モテキ」を経験させてくれた夫に感謝すべきなのかもしれない。

とはいうものの、人生にあと一度訪れるという「モテキ」待ってますよ。

真っ赤なリップ

デパートに行く用事があったので、化粧品売場でどっちゃりお買物をした。

どのくらい買ったかというと、アイシャドウ、口紅、チーク、いろいろとり混ぜてなんと五万円以上買った。

これは私にとって非常に珍しいことである。なぜなら私は貰い物をいただくことが多い。女性誌の編集者の人が、お土産代わりにどさっと紙袋に入れて持ってきてくれる時もあるのだ。

このあいだも化粧水が切れていたら、アンアンのこのページの担当者が、新発売の基礎化粧品を持ってきてくれてあれは嬉しかったなあ。基礎化粧品の方はほとんどそれで済ませている。

もちろん自分でも買うことがあるが、このところ専らドラッグ買い。自由に手に出来るところが気に入っている。いつもカゴ持ってウロウロする私。

しかしドラッグストアで買った化粧品というのは、万引き防止といおうか、勝手に使われないようにするため、包装がものすごく頑丈だ。テープできっちり止めてあり、ハサミでつついてもびくともしない。

せっかちな私はなんだか腹が立ってきた。そうして少し反省したのである。

「化粧品はタダでもらうか、ドラッグ買いをする。そういう根性じゃダメ」

折しも高級女性誌のグラビアを見ていたら、海外ブランドのメイクアップ化粧品が幾つも出ていて、中にカーキのアイシャドウというのがあった。それでこれを買うついでに、あれこれ試したわけ。

それにしても化粧品販売員の肌の美しさといったらどうであろう。もともと綺麗な人が採用されるのか、それとも自社製品をどっさり使うからそうなるのか気になるところだ。対面販売で買うとめんどくさそう、と思う人もいるかもしれないが、最近は応対がとてもあっさりしている。実はこの私、

「しょっちゅうプロのヘアメイクにやってもらっているし、私の方がずっとお化粧については知識あるかも」

とうぬぼれていたところがあったのであるが、新製品のパウダーを販売員さんにひと刷毛してもらったら、あら、ま、顔がパーッと明るくなったではないか。たまには化粧品売場をうろつかなくてはと、あらためて思ったのである。高級メイク化粧品は、持ってるだけで嬉しいものね。

ところであらためて言うまでもなく、この頃の若い女の子って、メイクがものすごくう

まい。特に感心するのはチークの入れ方で、バラ色にふわっと丸くしているのは、めちゃくちゃ可愛くて素敵。つけ睫毛《まつげ》をバッチリつけるのも若い人の特権だ。あれを三十過ぎの人が真似すると、瞼《まぶた》の重みでかなり悲しいことになってしまう。

私はこの頃考えるのであるが、女の子のメイクがどんどん濃くクリエイティブになっていくのは、男の子が不在になっている証ではなかろうか。

私のまわりの若い男性に聞くと、

「女の子は薄化粧なのがいい」

という声が未だにある。ある男性はこんなことを告白する。知り合ったばかりの女の子とそういうことをして、朝、ベッドのシーツを見たら、アイシャドウ、口紅が顔の形についていたそうだ。

「それを見たらげんなりしちゃって。まるで歌舞伎の押隈みたい」

と言っていた。そう、役者さんが、ご贔屓《ひいき》のために、舞台化粧のついた顔をぺたーっと手拭に押しつけ、スタンプみたいにするやつだ。

ふーむ。それは確かに由々しき問題であるが、スッピンでそういうことをする夫婦と違い、恋人の間は女の子はばっちり化粧をしていることが多いんだから仕方ないじゃんと私は言いたい。

「女の子は清楚な子がいい」

という男の人も少なからずいるだろうが、今の女の子はもうそんなのに構っちゃいない。

自分が楽しいから、クリエイティブな要素があるから、どんどん化粧をする。時には女性誌で、

「男ウケのする化粧」

というのをやるけど、あれはまぁ、戦略というものであろう。

この頃私が挑戦してみたいのは、真っ赤な口紅。モード系の人で、あれをこなしている人をみると本当に憧れてしまう。

真っ赤な口紅が似合うためには条件があり、まず真っ白な陶器のような肌を持っていること。鼻はすっきりと高く、インパクトのある目、そしてシャープな顎を持っていなくてはならない。そして唇は適当な厚みがありふっくらとしていてひき締まっていること。

そう、すべて私にあてはまらないのだ。

ちょっと前に、アンジェリーナ・ジョリーが「チェンジリング」という映画に出て、一九二〇年代の女性に扮していた。メイクは当時のことであるからもちろん真っ赤なリップ。あのアンジーの唇が、真っ赤になるんだからそりゃすごい迫力。

「金魚をくわえてるみたい」

とあまり評判はよくなかったと記憶している。あんな美女でもむずかしい真っ赤。実は私、先日のデパートでその新色買ってあるんです。

手土産の力量

今日は本当にいい日であった。

うちに帰ると、お歳暮で山田屋のふうき豆が届いていたのである。

このお店は山形県にあって、えんどう豆を丁寧にやさしく煮てあるのだ。そのやわらかい甘さといったらない。私の大好物だ。しかしここは少量しかつくらないうえにいたみやすいので、デパートなどの出店はしていないという。確か地方発送もダメだったはずだ。このふうき豆を毎年送ってくださる方は、きっと特別なのだろう。おかげで私は、おいしいおいしいおいしいふうき豆を食べられるのである。

この方はふうき豆だけでなく、よくおいしいものを送ってくださる。それがいつも手に入りづらいものや、行列しなければ買えないような珍しい和菓子なのだ。

この私も昔から手土産には凝る方。その人が住んでいる駅前の菓子屋で買ってきました、などというようなことは絶対にしない。チェーン店のものも買わない。

私がよく買うのは、大福、きんつば、どら焼のブランドもの。ケーキやドーナツは、ダイエットしているからという理由で遠慮する人が多いが、和菓子となるとみんな手を伸ば

これもらうと
うれしくて
体がふるえるんですよ

すから不思議である。

洋ものの場合は、クッキーやレーズンサンドが多いかも。生クリームたっぷりのものよりカロリーが少なそうだし、なんとなく手を出しやすい。マカロンは私があまり好きじゃないので人にも持っていかない。

人のうちに持っていく手土産にもそりゃあ気を遣うが、私が張り切るのはやはり差し入れであろう。

差し入れというのは、この場合芸能人の楽屋や、スタジオに持っていくお土産である。

「どうぞ皆さんで召し上がってください」

ということで何十個も用意する。あるいは個人の楽屋だったら少量でわりと高価なものだ。押し鮨やチョコレート、シャンパンを持っていくこともある。

ところで二年前のこと、京都のお茶屋バーで飲んでいた時、有名なステーキハウスがつくる、特製のビーフサンドウィッチの話になった。最高級のステーキ肉を使い、そのおいしいことといったらないそうだ。

「いいなあ、いっぺんでいいから食べたいなあ」

と言ったところ、すぐに店のオーナーがお店に頼んでくれた。明日用意してくれ、この店まで届けてくれるという。

「一万五千円になるけどいいわよね」

びっくりした。この世に一万五千円のサンドウィッチがあるとは。しかし今さらいらないとは言えない。

その一万五千円のビーフサンドは、新幹線の席で包みをといたとたん、ぷぅーんといいにおいがした。中にはほどよい厚さのステーキ肉がはさまっている。さっそくビールを買い、つかの間の贅沢をした私。サンドウィッチは確かにおいしく、深い満足を味わわせてくれたものだ。

そしてこのサンドウィッチのことをブログに書いたところ、

「マリコさん、千五百円の間違いですよね」

と、たくさんのご指摘をいただいた。私も少し豪華過ぎるものを食べたかなと反省したのである。

そしてまた京の春を楽しんでいた時のことだ。芸妓ちゃんと都をどりの話になった。都をどりというのは、年に一回、祇園の舞妓、芸妓さんたちの発表会。踊りにちょっとした舞踊劇がついたりする。

「この時は、楽屋に差し入れがすごいんどす」

「そうでしょうねえ。どんなものが多いの」

「お菓子でっしゃろ。お鮨もありますなあ。それからこのあいだは、〇〇〇のビーフサンドもいただきました」

「えー、あの一万五千円のが差し入れになるの？　いったい幾つもらったの？」

「五十個ぐらいですやろか」

す、すごい。一回の差し入れが七十五万円なんて！

「ねえ、そのサンドウィッチの値段知ってたの」

「へえ、うちらも後から聞いてびっくりしました」

やはり差し入れひとつとっても、女力の差が歴然とする。美女には、一人前一万五千円のサンドウィッチが届くのである。

このあいだ、高級クラブのママをした私に、いったい何が差し入れられたか。

一日め、お客からリンゴを五個もらった。

二日めは、

「和歌山の実家へ帰ったから」

ということで梅干しの箱をもらった。そして三日めは、疲れたでしょうということで「ウコンの力」を五本もらった。どれもとても嬉しかったですが、持って帰るのが大変でした。私、着物だったので……。

ところで昔、若い歌舞伎の役者さんに、

「もらっていちばん嬉しいものって何？」

と聞いたことがある。すると、

「そりゃあ、いちばん軽いものでしょう」

と手であおぐ真似をした。つまりキャッシュということだ。ふーむ、やっぱり近づけない世界だと実感した。

チバソムでの思い出

冬ってイヤですねー。

肌も乾燥するし、脂肪もつくし、なんだか〝器量〟がぐっと落ちてくるような気がする。まあ、これと同じようなセリフを、春も夏も言ってるような気がするけど……。

が、ものすごくショックなことが起こった。私は美容院でブロウしてもらうことが多いので、その分、うちでシャンプーすることは少ない。よってシャンプー、リンスは、安いわりといいかげんなものを使うかも。

その日もなんとなしに髪も洗い、なんとなしにドライヤーをかけ、夜寝た。そして次の日、黒いジャケットを着て用事に出かけた、と思っていただきたい。

皆でランチをとり、トイレに行った時だ。何気なく肩を見てびっくり！　白くフケが落ちているではないか。

わが人生、肩にフケが落ちてることなどほとんどない。本当にびっくりした。こんなひどいのは初めて。恥ずかしくて恥ずかしくて、皆の席に戻れなかったくらいだ。

ものすごく反省して、さっそくドラッグストアに行き、ものすごく高いシャンプー、リンスを買ってきた。この乾燥に頭皮が対応出来なかったのであろう。

さてフケもそうであるが、あと私がものすごく気をつけていることに便秘がある。これには長いことどれほど苦しめられてきたことか。アロエや青汁、ロイヤルゼリー、いろいろなものを試してきたが、どれもうまくいかなかった。全く効かないもの、効きすぎてすぐにお腹ぐるぐるとなるものなど、私の悩みを解決してはくれない。もちろんマッサージもしたけどダメ。

よって便秘はもはや私の宿命のようになっている。もう長びいてお腹が痛くなったり、気分が悪くなることなどしょっちゅう。そこまでになって初めて薬を使うようにしていた。

しかしある雑誌を見ていたら、

「便秘が続くと腸内で異常発酵が起こり、口臭やガスの元に」

とあるではないか。

フケどころではない。くさいガスをまきちらす女になってしまうのである。

いったいどうしたらいいのであろうか。その時私がふと思い出したのが、四年前この美女入門五百回を記念してのチバソムでの日々。そう、世界中からセレブが集まるタイのリゾート＆スパである。いろいろなエクササイズにエステのプログラムが組まれ、食事も徹底管理されている。五日間いれば二キロ痩せて、お顔もすべすべになるというのがうたい文句だ。もちろん便秘も治る。

あの時はコワいぐらい出た。ツアーに参加した女子大生ののぞみちゃんにもこっそり聞いたところ、

「三時間おきぐらいに……」

と顔を赤らめたものだ。私の場合も下痢状態でなく、健康でいい感じでお通じがあるのだ。私はその原因は朝食にあると見た！　新鮮なフルーツに、シリアルがどっさり。それが小鳥さんたちがパーティーをするかのように、ありとあらゆるシリアルがずらーっと並べられていたのだ。

そうだ、あれがよかったに違いない。私はさっそく輸入食品のお店へ行き、アメリカ製のシリアルを買ってきた。日本のものだとコーンフレーク状のものが多く、お菓子っぽいイメージなのである。牛乳はたくさんかけることになるので、ふつうのものはやめ、無脂肪のものにした。とにかく朝はリンゴにヨーグルト、それからシリアルに無脂肪牛乳じゃぶじゃぶというメニューにしたところ、これが大あたり。ビロウな話ばかりで申しわけないが、ちゃんと朝、出るものが出てきたのである。

この喜びはわかるかしら。長年あんなに苦しんできた私が、毎朝さわやかな時を迎えられるようになったのである。

チバソムに感謝である。

が、私よりももっと感謝してほしい人がいる。一緒にツアーに参加したOLのA子さん

だ。

この〝美女ツアー〟は、私への賛美を書いた作文審査と、編集長による写真審査により四人の読者が選ばれた。この彼女たちとチバソムに出かけたのである。全員がおしゃれで、とてもキレイなコたちばかりであった。当時、このページを担当してくれていたホッシーこと星野青年も少なからず興奮したようだ。しかし彼は新婚ほやほやである。よって友情に目ざめ、帰ってから社内で独身の仲間を集め合コンをしたらしい。この時結ばれたカップルがポパイ編集部の男性とA子さんであったのだ。

二人はめでたく昨年春結婚して、私は祝電をおくった。

「チバソムでのあの楽しい日々が、今日の幸せにつながったんですね」

あの時のことを思い出していたら、偶然にものぞみちゃんからメールがあり、懐かしくなって電話をした。お嬢さま女子大に通っていたお嫁さん志望ののぞみちゃんが、ちゃんとOLを続けていてびっくりだ。しかも資格をとってキャリアを積んでいるという。

懐かしいチバソムでの日々。あそこで私たちが集まったのは何か意味があったのね。便秘以外にも。

ネコダンス、練習中

最近あまり買物をしなくなっていた私であるが、このあいだは衝動的にいろんなものを買ってしまった。

中でもいちばん気に入っているのが、プラダスポーツのマント。キャメル色のフードつきでその可愛いことといったらない。マントといえば今年の流行ものなのでさっそく買った。

しかし私が着ると、なんといおうか、マントが拡がり過ぎ、遠くから見ると、茶色の巨大な落下傘に見えるではないか。よってせっかくのマント、愛犬の散歩用のみに着ることにした。

私の住んでいる町は、犬のお散歩をする女の人が多いがみんなおしゃれをしている。今だったらダウンにいい色の巻きもの、そしてデニムのブーツ。ファッション雑誌に出てくるような「ちょっとお出かけ」スタイルなのだ。この中で私はあまりにもババっちい格好をしていた。しかしマントは便利。すべてのものを隠してくれるうえにファッショナブルだものね……。というはずであったが、ある朝、出勤する夫とばったり!

今年の余興はネコダンス
あくまでも理想体型

「何着てるんだ……？」

本当にけげんそうな顔をされた。そして、

「ますます太ってみえるよ」

だって。

そう、この頃ますますデブになっている。自分でもわかる。何をしても痩せないのだ。最近の私の食事といえば、朝はフルーツとシリアル。そして昼と夜は炭水化物抜きの料理を食べる。が、つらいのが土日でどこも出かけることがなく、家で原稿を書いている時だ。

仕事をしていても、頭は食べることでいっぱいになってくる。折しも今はお歳暮でいろんなお菓子をいただいている。

今週の土曜日も昼間、サラダとサーモンのソテーを食べ、その時はお腹いっぱいになったつもりであった。しかしダメ……。もう居間に置いてあるお菓子の数々が、はっきりくっきりと頭の中にうかぶ。

アンコにゴマが入った揚げ饅頭。佐賀の人からもらったボーロ。有名パティシエのお店の焼き菓子。名古屋から送られた両口屋是清。そういうものが私を手招きしているのである。

こういう時、私は理由をつける天才である。

「そーよ、そーよ。こんだけ頭を使ってるんだから甘いものを補給しなきゃ。甘味だけが脳の栄養なんだもんねー」

　とかいって揚げ饅頭を食べる。おいしいなんてもんじゃない。三個食べる。もうこうなったら同じことと、焼き菓子もパクパク食べる。そしてしばらく自己嫌悪に陥って立ち上がれないくらいになる。私の人生、ずうっとこんなことの繰り返しだったワ、と泣きたくなる。

　そして次の日の日曜日、久しぶりにネイルサロンへ行き、ちょっとした買物をして家に帰ってきた。そして夕飯をつくる。土日はお手伝いさんがこないので、出来るだけカロリーの少なめなものを食べるわけ。

　そして気づいた。

　今日私は全く甘いものを口にしていない。欲しいとも思わなかった。もう頭がおかしくなるぐらい「お菓子、お菓子」とつぶやいていた昨日が嘘みたい。

　この違いは何であろうか。それはわかっている。土曜日はずうっと原稿を書いていたが、日曜日は優雅にネイルサロンに行ってた。私がいつも言っている、

「ヒマでなきゃ美人になれない」

　ということがこれでおわかりであろうか。

　ところでこのところＫポップをやたら見ている私。ＫＡＲＡにしても少女時代にしても、信じられないようなスタイルのよさだ。年始のカラオケパーティーで、「ネコダンス」か何かをやろうと思い、今練習している最中である。そしてわかったことは、あのコ

たちのダンスって、ナチュラルに踊っているようでものすごく複雑でむずかしい。DVDを流し一緒に踊っている（つもりなの）。だが、立ちポーズさえ決まらない。Kポップに詳しい友人によると、あの美しい脚をつくるために、どこかの骨を削るというが本当であろうか。

実はこのところ、私はまたあの肥満クリニックに通おうかどうしようか、本気で悩んでいる。

そお、おととしあっという間にするすると十数キロ痩せさせてくれたあのクリニックだ。しかし、ある時週刊誌から電話がかかってきた。知り合いの編集者からで、あのクリニックのことを記事にするという。あそこで死人が出たとかうんぬん。本当なら日本で許可されていない、ものすごく強い食欲抑制剤を使っていたという。臆病な私はそれきり行くのをやめて、あっという間にリバウンドである。私は自分の性格がつくづくイヤ。それからどんどん膨らんでいく自分のカラダが本当にイヤ。

「それならばハヤシさん。いっぺんあそこで痩せてから、その体重をキープするようにしましょうよ」

また行き始めたという女友だちがしきりに言う。

「いったん十キロとにかく痩せるのよッ」

家の中でネコダンスを踊りながら私は迷う。何をやっても〝お笑い〟になる。これでいいのか。

CM、出てます！

そろそろバーゲンが始まり、楽しい買物ライフに突入するはずであった。しかし今年はあんまり楽しくない。そー、サイズがひとつ上がっていたのである。

「えー、そんなサイズが存在するの？」

と言われそうなので教えられないが、この大きさではなかなかお店にない。

ピチピチのものを着て試着室から出てくる私に向かって、ショップの店員さんは親切そうに言う。

「ハヤシさん、上のサイズ、〝他店〟を探してみましょうか」

「お願い」

するとこの頃はパソコンを打ってすぐに状況をみてくれる。

「新宿伊勢丹店にありました。お取り寄せしますか」

「よかった。よろしくね」

という会話を何度してきたであろうか。そしてその他店がどんどん遠くになっていく……。

「ハヤシさん、四国の松山にありましたよ」

なんてまだいいほうで、このあいだは、

「ハヤシさん、シンガポールにありました」

なんて言われた。私のデブ加減というのは、どうやら世界的になっているらしい。


毎回毎回同じようなことばかり言っているようであるが、何をしても痩せない。もう絶望的になるくらい。

その原因はいろいろあるが、

「あまり人前に出なくなった」

というのがあるだろう。


私はこの二十年くらいテレビ出演は、年に一度あるかないかぐらいであるが、会う人ごとに、

「いつもテレビで見ています」

と言われるのが本当にイヤだった。それでますます出ないようにしたところ、なんか若い人にまるっきり知られないようになった。


このあいだは女子大生のホステスを集めているキャバクラに連れていってもらったが、一流大の日本文学科の学生でさえ、私の名前を知らないではないか。最近の若いコは、本も雑誌も読まないんだと実感。まあ、それは仕方ないとしても、人目にさらされないと、どんどんブスにデブになっていくんだとしみじみ思う。

最近は忙しさのあまり、雑誌のグラビアに出るのもつい断ってしまう。ヘアメイクして

撮影となると半日かかるからであるが、プロの手にかかることをやめた私は、ますますダイエットの手を抜くようになる。これこそまさに負のスパイラル。

そんな時に降ってわいたようなCMの話が舞い込んだ。カタログハウスのお正月だけのバージョンである。ちょっと迷ったがお引受けすることにした。このCMに出るのは実は二回めである。その時に編集者に相談したら、

「あのCMは、いつも旬の文化人が出ることになっているから、やった方がいいですよ」

とアドバイスを受けたからである。迷ったのは、あの時よりもさらにデブになっていたからだ。

しかしまぁ、心を替え反省するいい機会だ。私は当日撮影所にひとり出かけた。このために買ったばかりのニットとスカートを持って（注：あのCMはスタイリストはつきません）。

そしてヘアメイクのA子さんと半年ぶりの再会。このところプロにお願いする機会がめっきり減ったからである。

「わー、ハヤシさん、心配してたけど、お肌の調子がすごくいいですよ」

お世辞を言ってくれるのを忘れない。そしてお化粧してくれながら、二人でいろいろ世間話をした。

「ハヤシさんがこのあいだアンアンに書いてたモテキの話、すっごく面白かった。私にも経験あるけど、どうしてモテキっていっぺんにくるんでしょうかね。どうしてバラけてくれないんでしょうか」

三十四歳の彼女は、今、端境期だそうだ。前の彼と昨年別れてから、それから何も起こらないと言う。が、タレント並みの美貌を持つA子さん、再びモテキが訪れるのも近いと私はみている。

「ハヤシさん、私、今度同窓会に出るんです。中学校の」

千葉県の公立校であったが、中にエリート校に進んでいい感じに育っている〝男の子〟がいるそうだ。

「ハヤシさん、私、絶対に専業主婦に負けたくないんです」

「あなただったら大丈夫よ」

流行のチュールスカートをはいたA子さんは、本当に可愛いもの。

そのために毎晩二時間必ずお手入れするようにしているそうだ。お風呂の中で顔と体をマッサージ、それから顔をもう一度マッサージしてパックをして、あれこれつける。

「勝つだけじゃなくて徹底的に差をつけたい。そして、恋をひとつふたつゲットしてきたいんです」

「おかげでこんなにキレイになりました」

と見せてくれたら、ノーファンデで毛穴ひとつないピカピカの肌になっていた。

恐るべし、この執念。彼女のように若くて美人が、たかが（失礼）千葉の中学校の同窓会に賭けるとは。私はおおいに反省した。ところでCM見てくださいね。照明とお化粧のおかげで実物よりずっとキレイに撮れてます。

スマートライフ宣言！

新しい年にあたり、私はふたつの誓いを立てた。

それはスマートフォンに替えること。そしてスマートになることである。

超アナログ人間の私は、ずらっとふつうのケイタイを使っているが、最近はこれをバッグから取り出すたび、いつも恥ずかしい。いかにも時代遅れのオバさんの印のようではないか。

しかし友だちはこう言う。

「あなたみたいにメールが多い人は、スマートフォンやめた方がいいよ。押しづらいし間違えるし、すぐに電池切れるし……」

が、他の友人いわく、

「そんなもん、すぐに慣れるってば」

しかしこのあいだ私の男友だちに大事件が起こった。奥さんがメールを見て浮気発覚、大騒ぎになったそうだ。

「スマートフォンに買い替えたばかりだから、操作がまだわからないと思って油断していた」

と彼はしきりに後悔している。

私は時間がとられるのでインターネットやゲームはいっさいやらない。よってこういう端末のツールを使いこなさないと、世の中からホントに遅れてしまうのである。

とはいうものの、今のところ忙しさのあまり、ショップに行く時間がない。なんとか近日中に行かなきゃね。

ところでもうひとつの〝スマート〟の方であるが、これはもう何十年来の私の悲願といってもいい。実はこのお正月ぐらいに、私の体重は記録を伸ばしつつあった。私は完璧に居直っていた。

「いいもん、私。もうキャラを固定するもん。ニコニコ太ったやさしいオバさん。頼りがいがあって大らかなデブのオバさん。もうこれでいくわよ」

そうよ、世の中見わたせばそういうオバさん、いくらでもいる。年に不足はないし、いいよ、あっち側に行くもん、決めた……。

しかし馴じみのショップで言われるようになった。

「ハヤシさん、もうこれ以上のサイズがないんです」

そしてクローゼットを見わたせば、着られなくなったものがどっちゃり。今年はチュールスカートが流行であるが、私はこの透けるヒラヒラスカートを何枚か持ってる。シャネルのバレリーナスカートもあるし、ジルのゴールドの透けるプリーツもある。今年のニットかジャケットと合わせればどんなに素敵かしら。そして私も、

「まあ、おしゃれな人」

と言われるのに……。

「デブになっていちばん悲しいのは、頭の中でコーディネイトしたものが少しも実現出来ないことね。このコートに、下はああして、こうして、っていっぱい考えても、はいらなきゃどうしようもないもん」

そうなのよ、と友だちも頷《うなず》く。

「デブになるとシルエットがまるっきりきまらないもんね」

ところで先週のこと、私は沖縄に遊びに出かけた。青い海に白い砂浜、本当に気持ちがせいせいしたわ……と言いたいところであるが、あちらはずっと曇空で時々雨。その寒いことといったらない。みんな冬のコートにブーツをはいているではないか。そんなわけで私も、コートに肥満した体をずっと隠せたワケ。

ところで沖縄といえば、美人の産出国である。仲間由紀恵さんに黒木メイサちゃん、新垣結衣ちゃんに、そお、安室奈美恵ちゃん、比嘉愛未さん。今の芸能界を代表するような人たちがいっぱい。

「だけどああいう人たちは、少女の頃からスカウトされて東京へ出てくるから、色が白いんです。沖縄にもうちょっといると、陽に灼けて色黒になりますよ」

と言うのは、地元の友だちミヤギさんだ。

実は彼女は有名な加圧トレーニングのトレーナーだ。おうちは沖縄にあるのだが、月の半分は東京にいる。個人トレーナーとして随分お世話になっていたのであるが、このところはずっとサボり気味の私。しかし古いよしみで、この沖縄旅行中、随分お世話になった。ホテルの迎えの車があるからと言ったのだが、空港まできてくれたのである。その時私は息を呑んだ。ちょうど私がロビーに出た時、彼女は後ろ向きで電話をしていたのであるが、そのパンツにくるまれたヒップが、私の目に飛び込んできたのである。なんという高い位置！　なんというカッコいい丸み！　もう四十代終わりだというのに、すごいプロポーションだ。

「ハヤシさんもトレーニングを頑張ればすぐこのくらいになれますよ」

絶対にウソだと思うけど、そうやって励ましてくれる彼女。本当にやさしい。しかしやさしいついでに、「ホテルに着いたら食べてね」と、ほかほかしたものをくれた。早速ホテルに着いてひろげたら、豚の角煮饅頭であった。夕飯前に二個食べてしまった……。

しかし希望はある。偶然にもその少し前、沖縄のユタという人から手紙が届いたのだ。なんでも芸能人が使っている痩せる塩があるというのである。その塩は祈りながら使うんだと。

溺れるデブ、塩をもつかむ。さっそく連絡しようと心に決めた私である。

真冬のホラーinタイ

久しぶりにタイはバンコクに行ってきた。ホテルはそう、マンダリン オリエンタルホテル。昔からゴージャスで格調高いところ。

ホテル側で大層気を遣ってくれ、通されたところはオーサーズ・スイートエリア。各部屋にサマセット・モームとか、このホテルに泊まった有名な作家の名前がついているのだ。そのうち、ハルキ・ムラカミルームが出来るかもしれない。

私の部屋はジェイムズ・A・ミッチェナーという作家の名前がついている。

「この人、知ってる?」

と尋ねたところ、一緒にいた三人の編集者も全員聞いたことがないという。しかしテーブルには彼の写真が飾られ、三冊の著書が置かれている。ぱらぱらとめくったら、紀行文のようであった。

このオーサーズルームがあるところは、旧館なので、昔の雰囲気がそのまま残っている。コロニアル風の広い部屋の天井には、扇風機がまわっているのだ。素敵……。

しかも驚くことに、この部屋にはバトラーがついている。そお、本物の執事だ。ブザーを押すと、

「はい、お嬢さま」

と櫻井翔君みたいなのが飛んでくるのであろう。

ためしに押すまでもなく、すぐに冷たいジャスミンティーを運んでくれた。

「マダーム、何でもお申しつけください」

色の浅黒いかなりのハンサムである。一緒に行った女性編集者が冗談好きでこんなことを言う。

「眠る時そばにいて、とか、お風呂で背中流して、とかやってくれるんじゃないですか、バトラーだから」

まさか、と私は言った。日本女性の名にかけてそんなこと出来るはずないではないか。

「でもマイ・バトラーを見てね。すっごく素敵なんだから」

と皆を集めた。

このスイートには広い客間がついている。空港の免税品ショップで買い求めた、ワインを飲もうということになったのだ。

「私のバトラーに栓を抜いてもらって給仕してもらいましょう」

ウキウキしながらブザーを押したら、やってきたのは、ものすごくサエないおじさんではないか……。

「あれっ、昼の人と違う!」

思わず叫んだ私。彼が言うには、なんでも二部体制となっていて、彼は夜の担当だという。

「やっぱり夜は身の危険があるため、イケメンのバトラーは交替するんですね」

と女性編集者はやたら笑う。

それにしてもタイは食べものがおいしくて本当に困ります。野菜たっぷりで香菜を使うタイ料理は私の大好物。それだけなら太りはしないと思うのであるが、問題はカレーである。こちらのスパイシーなカレーに、軽いタイのお米はものすごくよく合う。有名なタイ料理屋さんに行ったら、小泉純一郎元首相の写真がいっぱい飾ってあった。なんでも元首相は以前この店にいらして、プーパッポンカレーを絶賛したそうだ。プーパッポンカレーというのは、カニの身と卵を使った、こちらにしてはややマイルドな味。これが本当においしい。ご飯にかけ、他のおかずも共にのせる。東南アジア風〝のっけご飯〟が、ものすごい美味なのである。いくらでも入る。デザートには、揚げたアンコ入りお餅のようなもの、フルーツをたっぷり使ったシャーベット。

そしておやつ替わりに、屋台で食べるのが、ネギと香菜入りのおソバ。とにかく炭水化物まみれになっていくのがわかる。しかしタイで太った人など一人も見ない。

「きっと唐辛子のおかげで太らないのよね」

と勝手なことを言い合う私たちである。しかし日本に帰ってみたら確実に太っていた……。

しかもバンコクにおいてある悲劇が起こった。夜明け前、私は首のあまりのかゆさに起きてしまった。ぽりぽりかきながらバスルームに向かった。

鏡を見てびっくり。真っ赤にかぶれているではないか。実は昨日、水上ボートに乗って観光するため、顔にも首にもSPF50のサンガードをいっぱい塗っておいた。そして酔っぱらって帰ってきた私は、顔だけ洗うとそのまま眠ってしまったのだ。明朝にシャワーを浴びればいいと思っていたら、こんなことに。やはりUVクリームというのは、肌に負担をかけているのだなアとしみじみ思った。そして帰って三日経つが、首はまだ赤味を残している。かなり高いツケについたかもしれない。

それからホテルでは必ずお風呂に入るようにした。もちろん猫足のすっごく素敵なバスだ。それにお湯をため、持ってきた本をゆっくりと読む。これぞ旅の至福というものだ。

が、ここでも問題が。この古いバスルームは、部屋の三面が鏡になっているのである。扉を閉めるとその裏側にも鏡がある。真夜中、暗いあかりに照らされて、四方鏡のお風呂に入ってみ。自分の体を見てみ。見ないように目をそむけているのだが、つい目に入ってしまう。

これぞ現代のホラーではなかろうか。

どうしても痩せたいのよッ！

ついに記録的な体重になった私。

原因はバンコクの食事のおいしさにあった。日本にいる時は、ふだんあまり炭水化物を食べないようにしているのに、タイはカレーがおいしい。さらさらのタイ米にかけて食べると、スパイシーな味がグッド。いくらでも入るのである。

そして帰国してすぐ、友だちの家に行ったら、めっきりキレイになっているではないか。聞いたら五キロ痩せたそうである。

「私ね、考えなおしてAクリニックにまた行ったのよ」

そう、Aクリニックというのは肥満専門の病院で、私の体重を十五キロ落としてくれたところである。私のまわりの人たちは、みんなここに通っていた。お金がかかるのがナンであるが、とにかく確実に痩せさせてくれたのである。後で知ったことであるが、芸能人もこっそりいっぱい行っていたらしい。しかしあるトラブルが起こって週刊誌沙汰になった。それから私はいっさい行かなくなっていたのである。

劇場のロビーで、帽子ー
マスクとストールで顔隠しても
美女オーラぶんぶん
女優さんでした、
あんなふうになりたい！

友人は言う。

「もう前みたいに強い薬を使ってないわよ。ほとんどサプリ。でもね、二週間ごとに行って体重計にのるっていうのがすごいプレッシャーになっているの。それで一生懸命、食事療法したのがよかったみたい」

私は妬《ねた》ましさで目がくらみそうになった。

「私も行くわ。やっと決心がついた。私も行く！」

すぐにバッグからケイタイをとり、番号を押そうとした。が、彼女は言う。

「あら、もう七時よ。この時間じゃ終わってるんじゃない」

しかし看護師さんの声がした。

「はい、Aクリニックです」

「私、私です。ハヤシマリコです。憶えてますか。すぐに予約とってください」

そうしたら何ということであろうか、明日の午前中なら空いているというではないか。

そんなわけで、私は、また懐かしのAクリニックのドアを開けたのである。

久しぶりに会う先生は、とてもやさしかった。さんざんあの一件をエッセイのネタにしていたのに、ぜんぜんそのことには触れず、ニコニコと迎えてくれた。

そしてヘルスメーターにのった。デブになってるのがわかると、体重計を避けるのが私のよくない癖。そして衝撃の事実が！　昨年の夏頃よりも七キロも太っているではないか。

二週間後、血液検査の結果が出た。なんでも私は、糖をエネルギーに変える機能がものすごく低下していたそうである。朝、いつもフルーツにヨーグルトをかけて食べていたが、私の場合、それもすごい肥満の種となっていたという。ふつうの人は美容によく効く果糖がいけなかったらしい。

ということで、私はAクリニックに通い出したのであるが、ここで大きな問題が。秘書のハタケヤマはつねづね、

「絶対にAクリニックに行かないでください。いくら何でも行けないでしょう」

と言っていた。週刊誌に出ていたことをうのみにしているし、痩せていた頃の私は不健康に土気色だったと言い張るのだ。

「もしハヤシさんが行くって言ったら、私は後ろから羽交い締めにしますからね」

このハタケヤマをどうやってごまかすか骨を折った。スケジュール帳には「友だちと会う」とウソを書いて出かけたのだ。持って帰るクスリ類も見えないように運び込み、冷蔵庫の中に隠した。処方箋も引き出しの奥深くに入れ、証拠となりそうな書類もすべて捨てた。

ところが何ということであろうか。うっかりしていた。財布の中に入れていた領収書を見られたのである。

「これ何ですか。ハヤシさんは恥というものを知らないんですか!?」

彼女は叫んだ。

「あんなにAクリニックのことを書いてたのに、どんな顔をしてまたあそこに行ったんですか」

「うるさいわねぇ」

私は不貞腐《ふてくさ》れた。

「どんなに言われたっていいわよ。恥を知らない女って言われたっていいわよ。とにかく私は痩せたいのよッ」

ところでAクリニックの医師から、私は三食すべて炭水化物抜きを言い渡された。

「先生、前は朝ごはんだけは、ご飯を食べてもいいっておっしゃったじゃないですか」

「あの頃はよかったけど、今のハヤシさんは炭水化物を食べちゃ絶対にダメ。せめて二週間は絶対に食べないようにしてください」

ということで、朝はサラダたっぷり、昼と夜はご飯やパンを抜くようになった。

しかしおとといのこと、講演で長崎に行った私に現地の友人が言った。

「長崎でいちばんおいしいチャンポン用意したよ」

「わーい、うれしい」

デザートのカステラも食べた。後で先生に言ったら、

「そういう時は麺抜きのチャンポンを頼むんですよ」

そんなこと、出来るのかしら。

服を喜ばせたいの

前回お知らせしたとおり、再び肥満クリニックに通い、ダイエットを始めた私。

いろいろ週刊誌に叩かれたせいであろうか、クリニックでくれる薬はぐっと少なくなってほとんどビタミンのサプリだ。その代わり本人がものすごく頑張らなくてはならず、三食炭水化物抜き、朝はサラダのみということになった。が、この季節、冷たいサラダはつらいので、私は鍋に固形スープを入れ、トリ肉や野菜を入れてぐつぐつと煮る。

昼と夜は、どんなことがあっても、パン、ご飯を食べない。おととい高級フグ屋に招待されたところ、しめの雑炊をそりゃあしつこくすすめられた。

「ハヤシさん、やっぱりここに来て、この雑炊食べなきゃダメだよ」

「半分ぐらいいいじゃない」

こうした言葉に負け、今までどのくらい失敗したであろうか。

ゆえに私はきっぱりと言う。ダイエットというと、ぐっとパワーが弱くなるので、お医者さんが、ということにした。

「私、いま、限界まで太って、肥満専門のクリニックに通っているんです。そこのお医者さんから、炭水化物は固く止められているんです」

これは効き目ある。

おかげでバシバシ痩せてます。まだ十日くらいだけど三キロ体重が落ちた。

私は表参道をタクシーで行く時、窓からいろんなブランドに声をかける。

セリーヌ、ロエベ、ダナ・キャラン、ドルチェ&ガッバーナのウインドウに向けて、

「もうちょっと待っててねー。もう少しであなたたちのところへ行きますからねー」

と心の中で叫ぶのだ。

ああ、好きなブランド店へ行き、（お金さえ許せば）好きな一着をさっと買えた喜びは、ずっと昔のことになってしまった。

そんなある日、私は青山のジル・サンダーに行った。長いこと私の担当をやってくれていたA子さんがその日でやめることになり、お別れを言おうと思ったのだ。

中に入ったら先客がいた。ものすごい美人。すっぴんでラフな格好をしているが、美女オーラがただものではなかった。

モデルで女優のB子さんではないか。対談などで何度か会ったことがある。パリコレにも何度か出たバツグンのプロポーションに、知的で愛らしい笑顔がとても素敵な女性だ。

「久しぶりー」

と挨拶し合い、私はそそくさとコートを買った。このスプリングコートは前から目をつけていたもの。一枚の薄い皮革で出来ている贅沢なものだ、色はオフホワイト。

「まあ、とってもお似合いよ」

とB子さんは言うけど、お世辞にきまってる。

私はそのまま帰ろうとしたのであるが、B子さんが試着を始めたのでそれをしばらく見ることにした。一流のモデルさんが、試着するとこなんてめったに見られるもんではない。

やがて、彼女は部屋から出てきた。

そのカッコいいこと！

サーモンピンクの七分パンツは、長い脚にぴったりで、信じられないほどのすらっとした脚を強調している。上のカットソーも、彼女のためにつくられたみたいで本当に素敵。そしてさすがプロ。彼女は後ろを向いて、いろいろチェックを始めたのである。

私のように、

「わーい、入った。入った。これいただくわ」

というのとはまるで違う。

その時B子さんのヒップを見たのであるが、ふんわり丸くて上にきゅっとあがっている。もお、なんて綺麗なの。パンツって、こうあるべきというお手本みたい！

「こんな人に着られると、お洋服もうれしいわよねえ！」

私は思わずため息をついた。

「さぞかしジルちゃんも喜んでいることでしょうねえ」

ジルちゃんというのは、ジル・サンダーのことである。店員さんたちも、B子さんにうっとりしてるわ。

ごめんね、ごめんね、今まで私なんかがここの洋服を着て……と、泣きたい気持ちをぐっとこらえる私であった。

ところで少し痩せたせいか、今年の寒さが耐えがたいほどになった私。秋口におしゃれなウールのコートを買ったのであるが、それではとても街を歩けない。

しかしダウンコートだと、ものすごく太って見えるうえに、前がちゃんと閉まらない。

東北に行くことになっていたので、仕方なく、私はデパートのL判コーナーへ行った。ここで大きめの、前がちゃんと閉まるダウンコートを買ったのだ。でもそれは大衆的なブランド○○のうえに、44という屈辱的なサイズのタグが、しっかりとつけられているのである。

レストランやバーで、私はコートを預けるのが恥ずかしくてたまらない。もしかすると私のことを、

「あの人、えらそうなこと書いてるけど、コートは安物でサイズ44じゃん」

と言ってるのでは。が、もう少し。もう少しの辛抱である。

写真集が出ます(笑)

みなさんに素敵なお知らせ！

ついに「美女入門特別版」として、私の写真集が発売されることになった。オールドバイロケ！　めくるめくファッションをとっかえひっかえ！　先行予約あり！

これって嘘か冗談だと思うでしょ。しかし書籍担当となったテツオは、最近の出版不況で頭がどうかなったらしく、こんなリスキーなことを思いついたらしい。

「だけどどうするのよ。こんなもんが到底売れるとは思わないけど」

「平気、平気」

テツオは電話で言う。

「スタッフは、もう今から大盛り上がりだもの。きっと売れると思うよ」

そんな身内が盛り上がったって、いったいどうするんだ。

「それからスタイリングは、マサエちゃんに頼むからよろしくね」

マサエちゃんは、人気スタイリストで、私が痩せていた頃はいろいろお願いしていた。

が、「痩せていた頃」という〝ただし〟つき。デブになってからは、ずっと私物で撮影に臨んでいる私だ。なぜなら私のサイズのお洋服なんか、ふつうのところにめったにないと思うから。

「わかりました」

私は言った。

「四月までにはあと十キロ、必ず痩せてみせますから」

「すごいじゃん。四十キロ切っちゃうじゃん」

こういう時も、必ずイヤ味を口にするのがテツオの性格のよくないところだ。

しかし私は頑張っている。私が秘書のハタケヤマから、

「ハヤシさんは、恥ということを知らないんですかッ」

と罵《ののし》られても、例の肥満クリニックに行き出したことは既にお話ししたと思う。先日二週間ぶりに行ったら、三・五キロ減っていた。この計算でいくと一ヶ月七キロ。

ところがこのクリニックは、前のように強いクスリを扱わなくなった。私が今もらっているのは、ビタミンのサプリと、漢方薬である。その替わり炭水化物はいっさい禁止となった。

ダイエットをやった人ならよくわかっていると思うが、炭水化物を抜くのがいちばんてっとり早く痩せる。とはいうものの、この食事法だと朝と夜は何とかなるとして、いちばん困るのが昼ごはんだ。たいていのランチは、炭水化物が中心になっているからだ。

このあいだは汐留にミュージカルを見に行ったのであるが、食べるものといえば、ほとんどがウドンかスパゲッティ、といったものだ。やっと定食を出すところを見つけて入ったのであるが、そのまずいこと、高いことといったらない。腹が立った。

また新幹線でどこかへ行く時は、駅弁を買ってご飯だけ残す。私なんか、

「お米を残すとバチがあたる」

と言われて育った世代なので、心が痛む。でも仕方ないと、農家の方に謝りながらお米を残す。が、駅弁のおかずだけって、少しもお腹にたまらないんですよね。だからこれとは別に、ゆで玉子を買って食べる。駅弁とかサンドウィッチならまだいいけど、ゆで玉子を一人で割って食べることって、ものすごくわびしい……。

ところで今日は、ドバイのことを勉強しようと、六本木ヒルズに、「ミッション：インポッシブル／ゴースト・プロトコル」を見に行ってきた。噂にたがわずものすごく面白い映画であった。

そして終わった後、何を食べようかナと私は考えた。グランド ハイアット 東京に行って、コーヒーハウスでサラダとスープにしようかな……。

と思ったものの、友人がヒルズクラブに行きたいと言うのでそちらへ向かう。ヒルズクラブというのは、五十一階にある会員制のクラブ。ここのレストランの窓からは、素晴らしい眺望が目に入ってくる。

そしてメニューを見てびっくりした。そう悩まなくても「ヘルシーランチ」というのが

あるではないか。これは炭水化物を極力抜いた献立なのである。さすがにここに来る人たちって、みんな体重を気にしているのね。

野菜スティック、大豆のミニハンバーグ、シラスとアルファルファ、といったものがワンプレートにちまちま載って出てきて、メインは雑穀米と鯛のスープ。これで千九百円というのは安いかもしれない。

友だちと二人、

「今度またここに来ようね。ここに来てたらあっという間に痩せるよね」

と言い合う。

こんなに努力するけなげな私。それなのにどうしてこれほどのデブ人生をたどるのか。

つい先日テレビを見ていたら、私の大好きな森三中が出てきた。渡辺直美さんも加わりダイエットの話だ。すると中居君が森三中に意地悪な質問をした。

「三人いつもダイエット番組に出て、一応成功するじゃん。でもどうして必ず元に戻るの」

すると大島さんが言った。

「デブって形状記憶なんだもん」

なんと深い言葉。さすが。デブの本質を見事ついてる。写真集を撮影したら、また元に戻る予感がする自分がコワい。

ノースリーブの資格

龍づくしの開運ツアー

江原（啓之）さんと行く恒例の初詣で開運ツアーは、みんなが忙しく二月の中旬となった。

しかもスケジュールがとれず、昨年のように一泊はムリ。

「それならば近場にしましょう」

と江原さんが言い、埼玉県大宮の氷川神社ということになった。行きのロケバスの中で、お菓子を食べながら（ダイエット中の私は食べませんが）いろんなお喋りをする。

「この開運初詣でも、今年で八年になるわよねー」

とホリキさん。この催しは彼女がアンアンの編集長の時から始まったのだ。今はフリーで大活躍中のホリキさんは、アンアンにもスーパーバイザーとして関わっている。そんなわけで今年も世話役を引き受けてくれたのだ。

「いつもハヤシさんの担当者が同行することになってるけど、たいていその年にいいことが起こるわよねー」

そういえば宮崎の高千穂神社に一緒に行ったホッシーとS青年はすぐに結婚した（S青年はその後離婚）。このあいだまで担当してくれていたGさんは、初詣での後、妊娠発覚。なんと男の子と女の子の双児を産むという快挙をなし遂げたのである。

「だからあなたも、今度のことできっといいことが起こるわよ」

とホリキさんは、現在の担当者Kさんに言う。彼女は今年三十六歳だと。

「じゃあ、私も結婚出来るかもしれませんね。信じていいんですね」

「もちろん」

考えてみると、私がこれほど忙しくてもこれほど健康で、仕事も途切れなくあるのも、みんなこの初詣でのおかげかもしれない。

江原さんがその都度、いちばんパワーの強いところへ私たちを引率してくれるのである。

そしてあっという間にバスは、大宮に到着。あたりは森が拡がっている。今回のことで初めて知ったのであるが、ここには三万坪の公園を兼ねた広大な神社がある。そして二千四百年前につくられたこの氷川神社こそが、全国の氷川神社の始祖なのだという。

「今年は出来る限り近くでと思ったけど、決してお手軽ってわけじゃありませんよ。この氷川神社は本当にすごいパワーがあるところなんです。東京から近いこんな大きな都市に、これほど素晴らしい神社があるって本当にいいことですよね」

と江原さん。見ているとひっきりなしに参詣客がやってくる。私たち四人も申し込んで神殿でお祓《はら》いをしてもらった。

「そういえば五年前、H神社でお祓いをしてもらった時、平気で私の名前を間違えてたっけ。ひどいわよねー」

ホリキさんが不意にイヤな思い出を語り始めた。

「あの年は悪いことばっかり起こったわよね。私はケガしちゃうし、ハヤシさんはひったくりにあうし……」

「そうそう。あの年のことはよく憶えてるわ。なんかついていなかったのよね」

「今年はいい神社に来たから大丈夫」

辰年の今年、江原さんは年男だそうだ。辰年生まれなのである。Kさんもひとまわり下の辰年。みなで神社の近くにある龍神がいると言われる池にもお参りした。かなり寒い日であるが、空気は澄みきっている。私たちは晴れ晴れとした気分で帰路についたのである。

「昼ごはんは恵比寿のウェスティンホテルで中華を予約しておきました」

みんなで行ってみて驚いた。このお店の名前はなんと「龍天門」というのである。龍がこんなに重なった。本当に縁起がいいかもと言いながら、私たちはタンタン麺をすすったのである。

「そういえばこの開運ツアーは、十年前に香港に行ったのがきっかけよね」

「そうそう、香港強欲ツアーということで、江原先生も私たちも、買物しまくったんだよねー」

「あの時は楽しかったよねー。江原先生が私にこう言ったのを憶えてるわ。『ハヤシさん、このウインドウの中の水晶のネックレスを買った方がいいですよ。とてもいい力をはなってますよ』って。値段もそう高くないから買ったわ。今もすごく大切にしてる」

などという話をしているうちに、今年の夏、もう一度みんなで香港に遊びに行こうということが決まったのである。

「バーゲンのある七月までには、私、絶対に痩せる。あと十キロ痩せて、お洋服バンバン買ったるワ！」

しかしどういうことであろうか。最初の二週間はいいペースで痩せていったのに、その後があまり変化がない。タンタン麺だって、麺だけ他の人に分けたりしているのに、なぜか体重が減らないのである。

実は私、神社にこう祈ってきた。

「家内安全。ついでにダイエットに成功させてくださいませ。そして写真集が売れますように。もうひとつついでに、愛の方もぜひ……。誰か素敵な人をおつかわしください」

毎朝のヘルスメーターの数字で、幸せを左右される私ですもの。

これで私も〝美魔女〟!?

一ヶ月とちょっとで、六キロ減った私である。すごい！　なんて言わないでほしい。リバウンドする時も同じスピードで増えてくのだ。

「ダイエットする時は、ちゃんとスポーツしなきゃダメよ。そして少しずつ体重落としていくのよ」

という人がいるが正しいと思う。が、あまりの忙しさに、とてもジムに通う時間がない。いつものことであるが、やる気を出そうと五年間分払い込んだ自分が悔やまれる。せめてもと思い、通販で買ったレッグ・スライディングを毎日ぎったんばったんやったところ、腰を痛めてしまったと、ある有名スポーツ選手に話したところ、

「ハヤシさん、あれをやるには、もう少し体重を落とした方がいいですよ」

ということであった……。

まっ、そんなことはいいとして、いまつらいダイエット生活が始まっている。サラダばかり食べ、とにかく徹底的に炭水化物禁止。イタリアンのアミューズに出てきたカナッペ

だって、下のパンを残しているもの。

が、ある日私の大好物の、はらロールのロールケーキをいただいた。我慢出来なくて、五ミリだけ切って食べた。この世のものとは思えないぐらいのおいしさである。が、私は五ミリでやめた。たった五ミリ……。

しかしこの一時間後、夫が酔っぱらって帰ってきた。そして冷蔵庫を開け、アイスモナカを一個ペロリ食べた。そしてさらにこう言う。

「ねえ、もっと甘いものないの」

私はロールケーキをうんと厚く、四センチ切って渡した。彼はおいしそうに食べた。が、夫は結婚以来、ほとんど変わらない。お腹も出ないし、すらりとした体型である。

こういうヒトと一緒に暮らすと、本当にダイエットをする気になれなくなってくる私だ。

とはいうものの、六キロ減ると、私の服装生活はぐんと豊かになる。クローゼットの中のお洋服たちが急にざわめき出すのだ。

「私を着て。着てみて。もう大丈夫よ」

ためしに四年前に買ったプラダのレースのスカートをはいてみた。ちゃんと入るではないか。そお、今年の春の流行はレース。どこのブランドも、レースものを出している。四年前なんて誰がわかるだろうか。

この頃、ものを捨てるのがやたら流行ってるけど、やはり残しとくべきものは残さなくてはならない。何を残すか、何を処分するかは、もう勘である。もう一度同じような流行がめぐってくるという、動物的な勘よね。それがおしゃれ心というもんじゃないかしら（何かエラソーだな）。

そしてこの黒いレースのスカートに合わせ、同じくプラダのタートル、そして黒の革ジャケットを羽織った。これにベビーパールのロングネックレス。

「どう？　このコーディネイト」

私は誉めてもらうつもりでハタケヤマの前に立った。そうしたら彼女、何て言ったと思います？

「わあー懐かしい！」

だって。

「ハヤシさんが痩せて、ばんばん洋服を買ってた頃を思い出します。あの時のスカートだ」

〝懐かしい〟と言われて、すっかりその気を失くしてしまった私である。

しかし見よ。アトランタに赴任した若きドクターからメールが入った。

「ブログを見たら、ハヤシさん、痩せてスッキリ！　キレイです。凄すぎます」

だって。オホホ……。私の魅力って若い人にもわかるのね。なんか自信がついてきちゃった。そお、四月には写真集の撮影もあるし、〝美魔女〟って言葉は好きじゃないけど、本人の意思とは関係なく、この中に入れられそうだワ。

ところで表参道を車で通るたび、いろんなブランドに「もうちょっと待ってて」と、語りかけていることは既にお話ししたと思う。このあいだセリーヌのウインドウに、白と黒のものすごく素敵なワンピースを見た。そお、あと一ヶ月したら、これお買上げするわ。しかし困ったことが。体重が落ちたら、ますます冷え性になり、タイツとブーツが手放せなくなった私。雑誌やテレビで見ていると、芸能人は真冬でも必ずナマ脚ではないか。ある若い女優さんなどは、肩をむき出しにしていてまるで真夏のような格好である。いくら季節の先取りといっても、これではあんまりではなかろうか。どうしてみんなこんなに肌を露出したがるのか。

その理由はカンタン。どんなに流行のものを着ても、下がタイツでは決まらない。色もののタイツと組み合わせても、うまくはいかない。その点、ナマ脚と繊細なサンダルだと、いかにも今年っぽい。それはわかるが、あんな格好をして風邪をひかない方が不思議だ。美人は体温が高いのか、それともすぐ傍で、コートを持ったマネージャーが待ち構えているのか。ぜひ誰か教えてほしい。

痩せ方も大事なの

ダイエットもうまくいきかけている今日この頃、やることといったらやはりお買物であろう。

そんな時、表参道のプラダから電話がかかってきた。

「ハヤシさんがご注文の靴が入荷しましたので取りにきてください」

しかし一ヶ月近く行かない私。

それはなぜか。あまりにも忙しくて時間がなかったのと、体重および体型が動いている時に、あまり買物をしない方がいいと思ったからである。

二年前、ダイエット成功の折、

「もう二度とデブになることはない」

と固い決心のもと、大きいサイズのブランド品を、ダンボールに詰めて山梨の親戚縁者のもとに送ったことがある。それでどれほど後悔したことだろうか。一年後か二年後にデブになると、着るものがなくなってしまうのが常である。

よってプラダに寄るのも、あと五、六キロ痩せてからと思ったものの、靴をピックアッ

プする名目のために、つい行ってしまったワケ。

そうしたら、春のかわいいワンピースやスカートもいっぱい。ちょっと試着したら、あ あ、ありがたい！　ワンピースも何とか入るではないか（いちばん上のサイズだけど）。白いコットンツイードのジャケットもお買上げ（いちばん上のサイズだけど）。

それより私の目を射たのは、美しいブルーのニットである。本当に綺麗な春の色だ。深いVネックにスカーフを組み合わせている。

「今年はスカーフがキテるの？」

とお店の人に聞いたら、

「そうです、今年は絶対にスカーフです」

とのこと。が、眺めているうちに、私の中にいろいろな思い出が去来する。そお、おしゃれをし始めた頃、サンローラン、エルメス、シャネルのスカーフをいっぱい買ったわ。今も何枚か、どこかを探せばあるような気がする。

「昔のスカーフじゃダメかしら」

と言ったところ、

「ハヤシさん、やっぱり今年は今年のスカーフで」

ということであった。買いました……。

さっそく次の日、黒ジャケットの下に、ブルーのニットとスカーフを着てみた。が、春は名のみの風の寒さよ……という感じである。イケてないとわかっちゃいるけどババシャツを着た私。うんと胸開きの大きいババシャツにしたのであるが、Vからはみ出してしまう。こんな時のためにスカーフがあるのね。ババシャツのレースのところは、これでごまかしましょ。

しかし美容院に行ったら、担当の男性に笑われてしまった。

「ハヤシさん、スカーフの間から、シャツ見えてるよ」

やはりニットもんは素肌で着なきゃ、ということらしい。いやですね、おばさんったら。

ところで、トシマになると、ただ痩せればいい、ということではなくなる。私の場合、顔がげっそりすると、ものすごく老けて見えるのだ。よって顔にレーザーをかけてもらうことにした。これによって、顔全体を上にあげてもらうのだ。ところで私はかねてより、気になっていることがあった。それは二年前のこと、エステサロンですすめられるままに、目の下にヒアルロン酸を注入したのである。しかし私とヒアルロン酸とはあまり相性がよくなかったようで、二年たっても吸収されず、目の下に青くぽっこり残ってしまった。

レーザーをかけてもらったついでに、私はこれを何とかして、と女医さんに言ったところ、ヒアルロン酸を溶かす薬を注射してくれたのである。これで安心と思ったのもつかの間、この注射とも相性が悪く、次の日、朝起きた私は、思わずギャーッと叫んだ。目の下に内出血。それどころではない。注射をした左右の目の下に、まるでクレヨンで黒く丸く描いたみたいな線が。舞台で老女役を演じる女優さんが描くみたいな、太いくっきりとした皺《しわ》が出来ているのだ。

いくらコンシーラーを塗っても消えるもんじゃない。どうしよう……どうしよう……。

ふだんは私のことに全く興味を示さない夫でさえ、

「なんだその顔、すごいぞ」

とびっくりしていた。そして、

「ヘンなことをするからいけないんだ」

と怒ったぐらいだ。

そのうえ、その日はパーティーがあり、仕方なく出かけた。みんなが私を見て「どうしたの？」と聞くので、正直に話した。

女医さんにも電話をして相談したら、

「ハヤシさん、もういっそのこと、これをきっかけに手術しませんか」

と言われ、心が揺らいでいたのである。

が、そのパーティーにある女優さんが来ていたのだが、遠くから見てても整形バッチリなのがわかった。あそこまでロコツなことはしたくない……が、顔は老けるのはイヤ。いったいどうしたらいいんだ。

カラダはいつまでもお肉がついてるのに、顔はげっそり。ホントにダイエットは、若いうちにすませましょう。

〝くびれウォーク〟にゾッコン

いろいろコンプレックスを持っている私であるが、歩き方がヘタなのもそのひとつ。昔は、「ペンギン歩き」とからかわれたものである。歩くのがものすごく遅かった。

ペタペタと外向きで歩き、「上下運動ばかりで、前に進まない」とよく人に言われた。最悪の歩き方だ。

モデルさんたちが習う「ウォーキングスクール」へ行こうと、本気で考えたこともある。が、自分で気をつけることがいちばんだと、日々努力してきたつもり。胸を張って、出来るだけ大股に、カカトから着地。そお、MBTシューズも買い、結構がんばってきたのである。

ところが先週のこと、用事があってマガジンハウスに出かけたところ、「ダイエットアンアン」という雑誌の広告が貼ってあるではないか。

「Sーレッチングでくびれウォーク」だと。歩くだけで痩せる、というダイエット法らしい。私があまりにもポスターをしげしげと見ていたので、編集者が一冊くれた。これを読んだところ、まさに目からウロコ、私が今までやっていた歩き方とは、正反対だ。

「これまでと違う歩き方に、カラダも応えます」

と書いてある。

主役は後ろ足で、小さな歩幅にすることと書いてあってびっくりしてしまった。兼子さんというトレーナーによると、大股歩きが姿勢を悪くするんだそうだ。

「着地した前足にドスンと体重がかかり背中が丸まってしまいます」

それではどういう風にするかというと、お腹をストレッチさせながら、胸を張り、ぐっと体を前に押し出しながら歩くんだそうだ。今までモノの本には、

「腰から足を出すように」

と書いてあるけれど違っていたんだ。とにかく後ろ足に力を入れて、背中からの線がまっすぐになるようにするという。付録のDVDを見たけどむずかしい。が、しかし私は、この「Sーレッチング」のトリコになり、毎日横のショウウインドウを見ながら歩くようになったのである。

そお、私も以前から、膝を伸ばしてカカトから着地する歩き方に疑問を持っていた。まるで兵隊さんの行進のようではないか。とにかく歩くのよ、小幅でね、ペタペタと歩かず胸を張ってウォーキング！

その日私は、外苑前のレストランで友だちとランチをしていたのであるが、この「S－レッチング」をやるために、原宿駅まで歩くことにした。

昼の表参道を、ジル・サンダーのベージュのコートを着て、うんと気を遣いながら私が歩いていたと想像していただきたい。

その時である。私は突然ひとりの若い男性から話しかけられたのである。彼は名刺を差し出しながらこう言った。

「ものすごく上品でキレイな方ですね（傍点は著者）。テレビのお仕事とかCMとかにご興味おありですか」

私は恥ずかしさと嬉しさのあまり、カッと顔が熱くなった。そして、

「とんでもない」

とその場を立ち去ったのであるが、今考えると惜しいことをした。この実態をちゃんとつきとめればよかった。おそらく、

「登録料とモデルレッスン料で、月に十万円かかりますが、よろしいですか」

という話であったろうが、それにしても面白そう。そのうえ、私がふり返って観察したところ、彼だってめったやたらにおばさんに声をかけていたわけじゃない。

やはりジルのコートを着て、小幅に歩いている私からは、特別のオーラが発せられていたと思いたい。

ところで家に帰ってから、

「表参道でスカウトされた！　スカウトされちゃった！」

と大騒ぎしたら、ハタケヤマはぷっと吹き出して、

「それって何かの勧誘じゃないですか」

だと。腹が立つ。

「スカウトされたの、表参道で。表参道でよ」

と編集者に言ったところ、

「きっと熟女のDVDをつくってるところですよ。ハヤシさんの魅力にひき寄せられたんですね」

だと。こちらの方がずっと感じがいいと思いません？

それにしても長く女をやってきたが、表参道でスカウトされた（もうそういうことになっている）のは、初めてである。これでなんだかすごく自信がついたような気がするの。

そお、そお、例のドバイの写真集の話も進んでるし。

「なんだかオレの考えるコンセプトと、ハヤシさんのコンセプトとは違うような気がする」

などとこの頃テツオは言い出したが、知ったことじゃない。私は写真集出す女なのよ、このあいだは通販生活のCMにだって出たし。だからあのスカウトマンの男の子には、こう言ってほしかったワケ。

「もうどこか事務所に入ってますか？」

そうしたら私は、ハイ、林真理子事務所ですが、お仕事選びません、と言ったのに。

チョロランマで秘宝発見

ふと思いついて、昨年買ったプラダのワンピースを着てみた。そうしたらちゃんと着られるではないか。

今年買ったプラダのブルーカーディガンと組み合わせたところ、みんなに「カワイイ！」と誉められた。

ここで人は疑問に思われることであろう。どうして着られないものをしょっちゅう買うの？　どうして試着しなかったの？

実はこの下のサイズのものを着たところ、きつきつでとても上にいかない。あまりにも恥ずかしく、試着室の外で待っている店員さんに向かって言った。

「あの、この上のサイズ、ありますか」

ちょっと待ってくださいと、彼女はパソコンに向かって調べものをした。そして

「他店にありましたので、お取り寄せしますね」

ということになったのだ。それでお取り寄せしたものが来た時に買った。試着はしなかった。家に帰って着た。そうしたら、トゥー・タイト！　ファスナーが上がらなくて、

そのままほうっておいたワケ。

しかし七キロ痩せたら、さすがに入るようになった。この嬉しさ、女だったらわかってくれるはず。今まで私はクローゼットにあるものの五分の四が入らなくなっていた。が、今、五分の四はいける。あとの五分の一は、昔、昔、私が、十六キロ痩せた時に買ったヴァレンティノとかといった細身系のもの。

それにしてもこのあいだからずっと捜索している、ドルガバの革のライダースジャケットはいったいどこへ行ったのであろうか。

チョロランマこと、うちのクローゼットに分け入り、バスルームの隣りの棚も、寝室のラックも、玄関のコート掛け（一年中コートがかかってる）を探しても、ない、ない、ない。

が、まさぐる私の手は革の感触をつかんだ。ひき上げてみる。革のジャケットだ！しかしドルガバではない。なんとエルメスではないか！

エルメス、あのエルメス！さすがに革がやわらかく光沢も素晴らしい。ものすごく高価だと思う。しかし私は買った記憶がまるでないのである。もしかすると万引きしたのか。まさか。

私はとりあえずこのジャケットを着て、秘書のハタケヤマの前に立った。彼女ならこのエルメスのことを憶えてくれているだろうと思ったのである。彼女はうーんとうなった。そして言った。

「ハヤシさん、私、このジャケット、十年前に見たことあります」

十年前か……確かにしげしげと見ると、肩パッドは大きいし、ウエストがしぼってある。これをこのまま着ることは出来ない。私は駅前のリフォーム屋に持ち込んで、お直ししてもらうことにした。ここはちょっと値段が張るが、上手なことで有名なのだ。

お店の人はわざわざ採寸してくれて、肩パッドをはずし、肩幅を一センチ内に詰めてくれることになった。

楽しみである。私のクローゼットにエルメスの革ジャケットが加わったのだ。が、パッドを直しても、ミリタリー調っていうのがどうもね。来年あたりまたミリタリー来ないかしら。

ところで今日、久しぶりに銀座に行ったついでにマガジンハウスに寄ったところ、以前のアンアン担当者ホッシーがやってきた。驚いた。ストライプのボタンダウン、レジメンタルタイ、メゾン キツネの紺カーディガンと、すっかりおしゃれになっているではないか。トラッド系のすっきりしたコーディネイト。

以前の彼は変わった趣味で、迷彩服が好きであった。担当編集者が迷彩服だとちょっとひくけど、彼は平気でそれを着て待ち合わせにやってきたものだ。

「あなた、すごく変わったわね。どうしたの」

「POPEYE編集部に移ったら、ファッション担当になったんですよ。会うのはファッション関係の人ばっかり。すると見た目で判断されるので、ものすごく洋服代にお金がかかるようになりました。この二年間は、洋服代のためにに働いたようなものです」

とのこと。

「ふうーん、いろいろ大変なんだね」

そういえば、と私は話し始めた。

「マガジンハウスの編集者って、おしゃれなことで有名だったものね。ちょっとでもヘンな格好をしてると、先輩から、そんなもん着て会社来るな、って怒られたらしいよ」

「そうですよ。何を着ていっていいかわからなくてノイローゼになった新入社員もいたらしいですよね」

と、二人でしばらく昔話をしたのである。

ところで初の写真集の撮影のため、来月すぐにドバイに旅立つ私。スタイリストさんがついてくれることになったのであるが、といっても、私のサイズを用意するのはむずかしい。よって最近私が買ったものを並べて見てもらい、アドバイスをしてもらうことになった。

もちろんプラダのワンピも、エルメスのジャケットもお見せするつもり。えっ、十年前のものではやっぱりダメか……。

グラドルもつらいよ

みなさん、私の初めての写真集、予約してくれました？　先行予約もやってますよオ！何か特典つけちゃう。

テツオは、こうなったら徹底的に悪ノリしてやろうと思うらしく、

「手ブラ、ＯＫ？」

と電話がかかってきた。

「手ブラはちょっとアレだけど、武田久美子ちゃんがやってた貝殻ビキニならＯＫ」

「水着ＯＫだよね」

「うーん、事務所に聞いてみないとねー」

と、二人でアホなことばかり言い合ってる。

が、それにしても、

「ドバイに写真集撮りに行くの」

というのは、なんという甘美な響きを持つ言葉であろうか。まるでＡＫＢのセンターになったような気分。

たった今、大学生の姪っ子から、

「おばちゃん、四月に空いてる日ない？」

とメールで聞かれたので、このことを文字にしたところ、純情なコなので、

「わー、おばちゃん、カッコいい。絶対買うね」

と本気にして絵文字までつけてきた。

ところで、今日、十年ぶりぐらいにマサエちゃんがやってきた。マサエちゃんは有名なスタイリストで、知的でシンプルなコーディネイトが得意だ。以前はよくお願いしていたのであるが、ある時から疎遠になってしまった。

そりゃ、そうです。私があまりにもデブになったので借りられる服がなくなってしまったのである。だからこのところ、ずうっと手持ちの服でしのいできた。が、やはり写真集を撮るにあたり、テツオが頼んでくれたのである。

「一応最近買ったもん並べといて」

ということで、応接間のソファにかけておいた。

マサエちゃんはすぐにそれを組み合わせ、私に小物を指示する。

「確か小さな黒のケリー、持ってましたよね。それから赤のバレンシアガもお願いします」

どうして私の持ってるものを知ってるんだろうとびっくりする。

マサエちゃんは服と小物をてきぱきと組み合わせていき、アシスタントがそれをデジカメにおさめていく。

「あの〜、マサエちゃん、こんなのもあるんだけど」

ちょっと前のスカートやジャケットを持っていくと、彼女は鋭く、

「それ、いりません」

とひと言。やはり流行遅れのものはだめらしい。

が、こう並べておくと、われながらよく買ったもんだと思う。テツオいわく、

「ねぇ、こんだけ持ってるのに、どうしていつも同じもんを着て、同じバッグを持ってるの」

だって。しかしこれだけではまだ足りないので、マサエちゃんと皆で買物に行くことにした。

いつもお洋服を買っているジル・サンダーでは、私好みの（私サイズの）お洋服をとっといてくれた。

「これって、ハヤシさまがお好きかと思って」

「わー、素敵」

薄い黒のコットンを何枚も重ねたフレアースカート。なんて可愛いの！　しかしマサエちゃんは、

「それ、いりません」

ときっぱり言った。

「ハヤシさん、フレアーはものすごく太って見えますよ」

ノーカラーのジャケットは？

「ハヤシさんの顔型には合いません」

そしてマサエちゃんが選んだのは、紺色のプリーツがタテに入っているワンピ、グレイのコットンスカート、ラメのニットなどである。

スタイリストの人と買物に行くと、自分がいかにあまり深く考えずに洋服を選んでるかよくわかる。

その後、プラダにも寄って、ものすごく買物してしまった私。おそらく写真集の印税分ぐらい買ってしまったのではなかろうか。

ところで今日、例の肥満クリニックに行ったところ、な、なんと、二週間前より体重が増えていたのである。実は三日前、平成中村座を見に、久しぶりに浅草に行ったところ、雰囲気に呑まれて、つい、アンミツ、鯛焼き、雷おこしを大量に食べた。そして昨日は、しゃぶしゃぶの店にワインを持ち込み、もうお腹いっぱいに食べた。

先生いわく、空腹のために食べるものと、食欲のために食べるものとは違う。食欲のために食べるのは、甘味と脂と塩。ストレスによって、一種の禁断症状が起こるのだ。お腹は空いていないのに、甘いものを口にせずにはいられなくなるのはそのため。

「そういう時は、ストレスを他の欲求に振りわけるしかないんですよ」

なるほど。今さら性欲、というわけにもいかないので、私は買物欲に持っていくしかないのかもしれないとつくづく思う。が、デブのためサイズがない。買物の楽しみが得られない、ということで持っていき場のないストレスは、おのずと食欲の方に行ってしまうワケだ。この負のスパイラル、断ち切るために頑張ってる。そお、写真集あるもん。

脱いでからが勝負

ちょっと時期がずれたかもしれないが、今年就職した皆さん、本当におめでとうございます。

私のまわりの女子大生は、たいてい希望どおりのところへ就職することが出来たが、うちにずーっとアルバイトで来てくれていた、S女子大のA子ちゃんは、最後の最後で成功しなかった。最終で落とされるという悲劇があったのだ。傷心のA子ちゃんは三月の終わり、パリに飛び立った。フランス語とファッションに磨きをかけ、一年後に帰国するそうである。その時は夢だった雑誌社に就職出来ますように……。

ところですこし前の「アンアン」で、男の人のどういうポーズがセクシーかという特集をやっていた。スーツ姿で腕時計を見る、そして煙草と缶コーヒーを一緒に持つ、など。

「へぇー、私らの頃と変わってないじゃん」

と少々驚いた。

そお、男の人の姿に、女が興奮するのは、やはりフォーマルな姿での〝ゆるみ〟であろう。ワイシャツの袖をちょっとまくったり、ネクタイをゆるめたりする時の男の人が私は

大好き。

あの時も、Tシャツとデニム脱ぐのと、スーツ脱ぐのとじゃ大違い。何といおうか、男の中身の価値が違う、という感じじゃないでしょうか。

大学生の男の子がデニム脱ぐのは、〝日常〟という趣であるが、サラリーマンがズボン脱ぐのは、ちょびっとは覚悟が必要であろう。こっちの方がずっとセクシー。

そんなわけで、たいていの女の子は、大学生の時のカレを捨てて、就職して知り合った新しいカレに乗り換えることになっている。これは、商社とか、広告代理店、銀行といった方々に起こりがちなことであるが、まあ、相手がふつうの会社員でもよくありますね。

それにこの頃は長引く不況で、有名大学の学生も就職出来ないことが多い。ニートの彼との愛を大切にして、合コンで知り合ったエリート男性をふる、というのはコミックの世界だけである。女の子の方も生活がかかっているから、いつまでもビンボー人とだらだらつき合っていられないというのが現実だ。

ちょっと身入りのいいサラリーマンとおつき合いすると、素敵なお店も知っているし、ホテルのバーなんかにも連れていってくれる。いくら不況とはいっても、このくらいは捻出出来るはずだ。すると女の子の方は、学生時代のカレと行った居酒屋のことは、「いい思い出」になってしまうわけですね。

私はサラリーマンのスーツ姿が大好きであるが、警察官とか航空従事者の制服も大好き。が、いちばんセクシーな制服は、お医者さんの白衣かナーと思うことがある。こう言うと、いかにもありきたりのエリート志向の女のようで恥ずかしいのであるが、やはりあの白いヒラヒラには、独得のストイックさがあるような気がするのだ。

そお、社会人となると、合コンの輪はぐっと拡がることであろう。若手ドクターたちとの合コンも用意されるはずであるが、こういう時の彼らは概して評判が悪い。

パリに発ったA子ちゃんは、在学時代からよくドクターとの合コンがあった。しかし次の日、

「本当にカン違いして、感じ悪いんですよー」

とぶつぶつ言っていたものだ。

「自分たちが医者だから特別だと思ってるんですよね。すごく上から目線でメルアド聞いてきたりして、あんなことするのドクターぐらい」

彼女は厳しいひと言を言った。

「白衣脱げばただのおニイちゃんだってことをどうしてわからないんですかね」

そう、私の言いたいのもそういうこと。

ドクターというのは、白衣を着てる分にはみんなそれなりに見えるが、脱いでもなかなか、というレベルを持つ人は本当に少ない。

最近知り合ったあるドクターは、もう若くはなく妻子持ち。しかし〝中年美〟に溢れ、お話もとても楽しい。が、こういう人に限って平気で愛人を連れてきたりするので、まわりの女たちはいっぺんに嫌いになってしまった。

そこへいくと、今、アトランタでひとり研修を続けるBドクターの清々しいことといったらどうだろう。

「ハヤシさん、独身でひとりアメリカはつらいです。誰か探してください。お願いします」

ということで三人の女の子とひき合わせた。が、うまくいかず時間切れになってしまった。原因のひとつは、彼はあまりにもいい人なのであるが、それゆえかなり色気に欠けていたことにあろう。今度見合いの時は、白衣を着てきてもらおうと考える私である。

ところでいよいよ来週から、ドバイに向けて出発する私。そお、写真集の撮影のためである。私がいろんなところで、

「写真集を出す、写真集を出す」

と言いふらしていたため、ヘンな噂が立ち始めた。あるところの編集者がこわごわという感じで聞いてきたのである。

「ハヤシさん、セミヌードになるって本当ですか？」

「まさか、ビキニだけよ」

とふざけて答えたら、顔がひきつってた。

まさかね！　着るものには気をつけてますよ。

当たらぬも八卦？

もう前の話になるが、四月一日は私の誕生日であった。

お花やプレゼントがいっぱい届く。昨年は大震災の後だったため、

「どうか皆さんお気を遣わないでください」

と自粛したため、やや淋しい誕生日であった。

が、今年は流行のフラワーショップの、凝りに凝ったアレンジメントがたくさん、うちの応接間を飾った。それだけではない。連載をしている出版社からは、素敵な贈り物もいただいた。こういうことを書くとイヤらしいかもしれないが、アンアン編集部からは、

「ドバイへ持っていってください」

と、プラダのサングラスを。フェンディのバッグは某ファッション誌編集部から……。

有難さのあまり、私はつくづく秘書のハタケヤマに言った。

「昔、ビンボーしてた頃は、私に誰もハンカチ一枚、ストッキング一枚くれなかったわ。それなのに、どうしてみんなこんなによくしてくれるのかしら」

「それはハヤシさんが、一生懸命働いているからですよ」

と、いつもどおりハタケヤマのそつのない返事。

が、大学を卒業しても、どこにも就職出来ず、暗い部屋でピイピイ泣いていた私。こんなに花束に囲まれる未来が待っていようとは、とても想像出来なかった。いや、願っていたことはあったかもしれないけれども、それは夢のまた夢のようなものだったかもしれない。

そお、私は運がよかったのである。

ついこのあいだアンアンで「手相占い」を特集していたので、私はじっくりと自分の掌を見た。生命線がくっきりと長く、手の表側近くまである。これはバイタリティがある証。私の場合、生命線と頭脳線がすごく離れているが、これは一匹狼で仕事をする人の特質だそうだ。

そしてイヤらしついでに言うと、成功のしるしである太陽線も、ぐーっと垂直に伸びている。

占い好きの私は、今まで世界中いろいろなところで占いをしてもらってきた。スペインでタロットをやる魔女みたいなおばさんが、めくるカードすべて吉と出るので、驚いていたことがあった。

「あなたは、いったい日本で何をしている人なんですか?」

そうかと思うと、ロスに行った時、新聞広告で見たおばさんのところへ訪ねていったこともある。当時独身だったので、私の悩みは切実であった。

「私、結婚出来るでしょうか」

その時私は、航空会社の講演会で訪れていたので、当時の支店長さんが運転手付きの自分の車で連れていってくれた。ゆえに、私をお金持ちだと、相手のおばさんは踏んだらしい。

「出来ますとも」

彼女は言った。

「あと二千ドル出せば、私が祈ってあげるわ。そうしたら結婚出来ますとも」

私はそんなインチキにのらなかった。

結婚する前の年、ロンドンへ行き、ものすごくあたる占いの人を紹介してもらった。感じのいいおばさんは、ニコニコしながら言ったものだ。

「来年、あなたがウェディングケーキを切っている姿が見えるわよオ」

瞬間、私はハズレだと思った。なぜならそれらしい男はまだ現れていなかったのである。しかし、次の年、一月に夫と出会い、五月には本当にウェディングケーキを切ってたっけ。

思い起こせば、夫と出会う前、つき合っている人が出てくると、私はいつもいろんな占いの人のところへ行ったっけ。こういうシーンで女がいちばん嬉しいのは、恋人と二人で行った時、占う人が、

「彼はもう、心を決めてますよ。ねぇ、そうでしょう」

と言ってくれることですね。

「えっ、本当にそうなの！」

などと単純な私は有頂天になってしまったものだが、相手は、えぇ、まあ、そのうち……などと言葉を濁していたっけ。まあ、誰ともうまくいかなかったわけであるが、後で聞くと、

「キミがテンパっていて、なんだかとても怖かった」

そうだ。

女には幸せなシチュエーションであるが、こういう風に占いを味方につけるのを男の人はとても嫌がる。女と違って、他に背を押してもらうことに抵抗があるからであろう。

さて、私が昔、ビンボーなコピーライターをしていた頃、趣味で占いをする友人がいた。彼女は私の手相を見て、

「あなたは、働かず専業主婦になる人ね。もうじき田舎へ帰って子どもを二人産むわよ」

全然はずれている。しかし彼女は今、売れっ子の占い師となっている。

「だからあの人あんまりあてにならないかも」と、編集者にチクり気味に言ったところ、

「ハヤシさんの手相が変わってきたんですよ」

とたしなめられた。売れっ子はけなしちゃいけなかったらしい。

写真集ロケ、スタート！

真夜中に私たち一行は、夜の成田を出発した。
そお、〝ファースト写真集〟撮影のための、美女ツアーである。

リーダーはテツオ。彼とは長い長いつき合いであるが、海外旅行に一緒に行くのは初めてである。カメラはもちろん、〝林真理子を撮らせたら日本一〟という（あまり自慢にもならないが）天日さん、お洋服をマサエちゃんから託されたライターの今井さん、そしてあまりの美貌ゆえに、

「どうして自分がモデルにならなかったのか」

と不思議がられるヘアメイクの市川さんである。彼女とも長いつき合いだ。そしてもう一人が、今回のスターともいえるツアー・アレンジャーA氏である。どうして〝A氏〟としたかというと、彼はあちら方面の方で、あちらの話題でずっと私たちを笑わせてくれているからである。迷惑がかかるといけないので、あえてA氏に。

成田で初めて会った時から、あっち方面の方ではないかと見当をつけていたのである

ドバイに
着きました
お金持ちっぽく
肌は見せずに

が、ドバイからオマーンへ向かうバスの中で、やがて彼は全貌をあらわし、声が次第に裏返っていた。そして叫んだのだ。

「お姉さまって、本当に素敵！　どうぞ私を妹にして頂戴！」

話を聞くと、彼が高校生だった頃、当時フジテレビのキャンペーンキャラクター（！）をしていた私のことが強く印象にあって、私が作詞していたCMソングも空で歌えるというではないか。

「あー、もう！　懐かしいわ。おひさまがサクランボに恋をした。ロマン、ロマン、おもしろロマン～♪」

ああ、八〇年代華の盛りのなごりの歌を、こんな中東の岩山の中で聞こうとは衝撃である。

とはいうものの、ツアー・アレンジャーとしてのA氏は、超有能で、世界の観光業界にすごい人脈を持っている。留学しているわけでもないのに英語も完璧だ。今日から私たちが二泊するジギーベイホテルも、彼が提案してくれたのである。そうでなかったら、太古の景色が延々と続く岩山の奥に、突然美しい入り江と素晴らしいホテルがあるなんて、どうして知るだろうか。

シックスセンシズが経営するジギーベイホテルは、かのブラピとアンジーご夫妻が、このあいだもこっそりお忍びで滞在したところ。A氏が言うには、

「この風景にとけ込んで、やがて消えて行くことが出来るように」

というコンセプトで、建物も調度品もつくられているそうだ。建物はすべて石と木で出来ているが、それがものすごく贅沢に見えるのは、なみなみならぬセンスのせいであろう。すべてのコテージにプールがついて、水がたたえられている。そのまわりは、クッションとソファ、そしてお昼寝のための竹で編んだ小部屋がある。

「何もかも忘れて、ゆっくりリラックスしてください」

ということらしい。

従業員はすべて、ベージュかくすんだ青の木綿の簡単服を着ている。あたかも風景の一部になろうとしているかのようだ。

本当に何から何までセンスと気配りがいきとどいているのであるが、もうひとつ嬉しいことは食事がものすごくおいしい。

「リゾートホテルで、食事がまずいってところは最低でしょ。だってお客さんは他の店に出かけられないんだもの。それなのにさ、沖縄の〇〇島の〇〇ホテルみたいに、食事がやたらまずくて、高いところって、もう二度と行きたくないと思うワッ」

私もA氏に頷くことばかりである。三方を切り立った岩に囲まれたこのホテルは、食材のほとんどを外から運んでいるが、出来るだけ自給自足を求めて、野菜やハーブを自分のところでつくっているのだ。

いつも朝食のビュッフェには、みずみずしい野菜や果物が山盛りになっている。スムージーも、マンゴー、バナナ、パパイヤと揃っている。そして私たちが気に入ったのは、アラブ料理のコーナーで、ここでは焼きたてのピタパンに、カレーやひよこ豆のムース、細かく野菜を切り刻んだサラダが何種類も。おかげで、二日ぐらいで顔が丸くなっていったのがわかる。いけない、モデルとしての自覚が足りない。

ここで持ってきた洋服を、とっかえひっかえ着て撮影が始まったのである。が、天日さんは撮るのがものすごく早いうえに、機材をほとんど使わない。だからごく自然にリラックスして撮影はどんどん進む。

A氏は後ろにいて、

「お姉さま、すっごく綺麗。いいわー、もうー、最高」

と盛り上げてくれるのである。次第にポーズの注文も。

「お姉さまー、指はこんな風にしならせましょうよー」

それがやや、オカマちっくなのは気になるところ。

ともあれ、A氏のおかげで毎日みな笑いころげている。ちなみに彼とテツオは一階と二階に分かれているものの同じコテージである。しかし彼によると、

「あんな風に、女としまくった男は、全然興味ないわ」

とのことであった！

最高の男友だち

オマーンからドバイへ戻り、泊まったところはアルマーニホテル。しかもスイート！　中に書斎、ミーティングルームにキッチンがある。スタイリッシュな内装は、さすがアルマーニという感じであるが、いたるところに飾ってあるお花までとても素敵なのだ。砂漠の国で、どうしたらこんなに珍しい花を揃えられるか不思議なくらい。

　このアルマーニホテルでも、何枚か写真を撮ることになっている。

「だからアルマーニの服を用意して」

と日本でテツオに言われたが、もう服を買いまくってカードは限度額を越えている。出版されるこの本の印税分は、軽～く使ってるはずだ。

「もう、お金ないよ。大ピンチだよ」

と泣きついたところ、スタイリストのマサエちゃんが、アルマーニに頼んでスーツを二着借りてきてくれた。

　アルマーニを着るのは何年ぶりであろうか。スタイルがよくないと似合わない服と、ど

こか決めつけていたのである。

しかし紺色の少し光る素材のスーツを着たところ、ものすごくカッコいい。サングラスをして、アルマーニホテルのロビイに立ったら、そりゃあ、モデルとかハリウッド女優みたい、なんて図々しいことは言いませんが、アジアのどこかの国からやってきたセレブには見える。体の線がとても綺麗に出るのだ。

他のスタッフも、

「ハヤシさん、アルマーニ、ものすごく似合うじゃん。今度からここのを着なよ」

と誉めてくれる。今度日本でも買ってみよう。

そしてホテルでの撮影を終えた次の日、みなで世界一高い塔、ブルジュ・ハリファに上がった。なんと展望台は百二十四階、さらに上の百五十階までオフィスがあるのだ。下の階にはアルマーニホテルが入っている。

取材許可をとっているので、展望台が開く前に私たちはエレベーターにのった。これも世界最速。

「わーい、わーい、他に誰もいないよー」

みんなではしゃいで展望台に向かったのであるが、テツオだけは青ざめた顔で足どりも遅い。

「実はオレ、高所恐怖症なんだ……」

ふーん、そうなの。それを聞くとなんかイジメたくなっちゃうじゃん。

「じゃあ、ここで写真撮ってー」

と、どんどん窓際に誘い出す私である。

「マリコさんとテツオさんって、本当に仲よしよねぇー」

と、例のツアー・アレンジャーのA氏が言った。

「そりゃ、そうよ。もうずうーっと昔からの友だちだもん」

「ふうーん、それだけかしら！」

しかし考えてみると、昔は一緒にいろんなところを旅行したけど、仕事といえども海外に来たのは初めてかもしれない。

若い頃は顔が濃過ぎるうえ、モテ過ぎていい気になっていたところがある。今の言葉でいえばチャラ男であった。

しかし歳月がテツオを、いい感じの中年男にしている。ついに結婚も出来なかったし、いろいろ苦労もしたしと、テツオの顔には深い皺が出来た。今回わかったが仕事も出来るし、英語もなかなか。

一方私は、田舎出のデブの女の子であったが、年とってからキレイになったといろんな人に言われる美魔女（自己申告）。こうして写真集を出すことにもなった（!?）。この二人がドバイの夕暮れ、噴水を背に写真を撮ったところ、しっとりといい感じ。自分で言うのもナンですが、いろいろあった（なかったけど）男と女という風情である。

「私もいつか、マリコさんとテツオさんみたいな成熟した大人になりたいの！」

A氏は叫ぶ。

「恋人じゃないのに、こんな風に仲よく、ずうっと友だちでいられたらいいわよねー」

A氏が言うには、あちらの世界はやはりすぐそーゆー関係になってしまうそうだ。

「だってホモのエッチなんか、マスターベーションと同じで、単に肉体的処理なのよ。私は恋愛したいの。女の人と心と心で結びつきたいのよ」

このあと、まわりの人が日本語がわからないのをいいことに、A氏の独壇場となった。私は俳優の○○と××が、彼と同じユニオンと聞いてかなりショックである。ファンだったのにィ。

「でも○○さん、結婚しているし子どももいるじゃないですか」

若いヘアメイクの市川さんが言うと、

「いやね！　私の話、少しも学習してないわね。あのねー、ホモにとって結婚してる、子どもがいる、なんてまるっきり関係ないわよ。カモフラージュのためだったり、子ども欲しさにしてるんだから」

こういう話は、アルマーニのスーツを着てシャンパン飲みながらする話じゃない。すみません……。

しかしA氏のおかげで、旅の間中ずうーっと笑いころげていた私たち。お酒もがんがん飲み、おいしいものもいっぱい。仕事でこんなに楽しい旅は初めて。みんなありがとう。テツオさん、ありがとねー。

「その代わり、売れないと大赤字だよ。なんとかしてもらうよ」

とテツオから、いろいろなプロモーションを課せられている私である。

オシャレとシャシャレ

この頃、自分でもものすごくオシャレになったと思う。

なぜなら写真集を撮るためドバイに発つ前、スタイリストのマサエちゃんが家に来て、いろいろコーディネイトしてくれたからである。

それだけではない。一緒にお買物にも行ってくれた。シンプルで知的なコーディネイトが得意なマサエちゃんは、私が手にするものに、ことごとくノーと言う。

「ハヤシさんに、それは似合いません」

実は私、ふだんはジャケットにタイト、といった格好をしているが、かわいいものが大好き。レースやフリルといったものに目がなく、つい手を伸ばしてしまうのだ。もちろん若い人の着るようなフリフリじゃない。しかるべき材質のしかるべき値段のフリフリなので、大人が着てもいいんじゃないかと思うのだが、

「やっぱりダメですよ」

とマサエちゃん。プラダでは白いシルクのブラウスにブルーのカーディガン、モノクロ

プリントのワンピ、そして黒いタイトといったものを選んでくれた。

「ハヤシさん、もうフレアースカートはやめてくださいね」

ということで、ジルやその他のお店でも、とにかくシンプルイズベスト。が、それを使ってとても素敵な組み合わせをしてくれたのだ。

お洋服はどっちゃり買ったうえに、プロの一流スタイリストがついてくれた。これでオシャレにならなきゃ、どうかしてると思いません？

そうしている間に、今度はスタジオで残りの写真を撮ることになった。ドバイのスタッフが集まってくれ、この日はマサエちゃんも来てくれた。

メイクアップレッスンのページをもうけるということで、有名メイクアーティストの面下さんが私の顔をいじってくれた。私は生まれてこのかた、ずーっと黒のペンシルアイライナー、もしくはリキッドを使っていたが、面下さんは、

「ハヤシさんの虹彩からして、茶色のリキッドが似合う」

ということでトライ。そしてアイシャドウの入れ方も教えてくれた。

これで美人にならなきゃおかしいでしょ。

ダイエットもちびっとずつ体重が減って、何だかこの頃の私っていい感じ。あのテツオでさえ本気で、

「あと一回ぐらいはイケるんじゃない」

と言ってくれたぐらいだ。どういうことかというと、あと一回恋愛出来る、ということ

ですね。私も何だかそんな気がしてきた。候補者がまわりにいないこともないし……。

その時だ。スタジオマンのコが、次々と宅配便を運んでくる。中から出てくる、出てくる、私の好きなものばかり。

阿佐ヶ谷『うさぎや』のドラ焼き、沖縄の『歩』のサーターアンダギー、高知の芋ケンピに『ジョエル』のシフォンケーキ、山形『山田家』のふうき豆、麻布十番『豆源』のおとぼけ豆、神保町の大丸やき、護国寺の『群林堂』の豆大福、駒込『中里』の揚最中、北海道牛乳パン、大阪の堂島ロール。

「なにこれ、私の大好物ばっかりじゃん！」

なんでもこの美女入門シリーズに登場した、私の好きなスイーツを、別のページでとりあげるそうだ。

私を撮る合間に、カメラマンの天日さんがブツ撮りしていく。

「撮ったものは、どうぞ召し上がれ」

とさし出してくれたが、ダイエット中の私にはあまりにも酷というものではなかろうか。それで私は、芋ケンピをほんの一、二本食べた。それからおとぼけ豆といって、もう手が止まらない。

天日さんを見ると、ちょうどジョエルのシフォンケーキを撮影しているところであった。

「これを食べなきゃダメ！　絶対にダメ」

そこで切り分けて皆で食べる。ついている生クリームもたっぷりつけて。

「なに、この軽さ。このおいしさ。こんなの初めて」

そうでしょ、そうでしょ、とすっかり嬉しくなる。そしてこのシフォンケーキを二切れぺろりと食べ、揚最中を頬ばり、芋ケンピにもう一度戻り……。

「ああ、私ってまたこんなことを」

いくらおいしいといっても、ほとんどの種類を食べるとは……。気をひき締めなくてはならない。はっきり言って今の私の状態は、大デブから小デブになったぐらいだ。

それにしても今、世の中は、右を向いても左を向いても木嶋佳苗、キジカナ、キジカナである。ムック本まで出るそうだ（あら、私と同じじゃん）。

強気の大デブの犯罪者が、どうしてこれほど人々の心をとらえるのか、正直言って私にはわからない。

「こんなデブでも勘違いしたまま、男にモテるのだ」

という驚愕の事実のためか。私は決して勘違いしていません。写真集はシャレだとわかっています。ですから皆さま、ぜひ一冊お手元に。

あい・きゃん・どぅ・いっと！

テツオからメールがあった。

「手ブラ、やれるかよ？」

彼は私のファースト写真集のために、今、一生懸命プロモーションしてくれている。私も親しい、ある女性誌の編集長に表紙登場を頼んだところ、

「その号は、熟女のヌード特集だから、手ブラＯＫなら」

という返事があったそうだ。苦笑いしながらメールしている編集長の姿が見えるようだ。

「そうか……。そんなにみんなが私のヌード見たがってるとは思わなかったわ……」

私もマジメにメールを返す。

「それならば、と言いたいところですが、若い時ならいざ知らず、今の私は腹が垂れ、胸も昔の三割。ウエストは行方知れず……。とてもヒトさまにはお見せ出来ません」

ばしばし修整やって、あちこち削ってもらってもかなり苦しいかも。そんなことは外側

お〜
あい、きゃん
のっつ
すぴーく
いんぐりっしゅ
…

からわかるので、テッオも、

「そうだよねぇ……」

とおとなしく引き下がった。

とはいえ、一時期停滞があったものの、ここのところ順調に体重が減っている。それはGWの失敗がいいきっかけとなった。夜、親戚みんなでお鮨を食べに行き、その後は同級生たちと合流。近所のスナックでだらだら四時間飲むような生活をしていたら、二泊で二キロきっちり太ったのである。これはマズいと必死で頑張ったところ三キロ減ったではないか。これがはずみになって今、頑張っているワケ。

そしてもうひとつ頑張っているものがある。それは英語だ。

ダイエットと同じく、これにはどのくらいの時間とお金を遣ってきたことであろうか。しかし私がついにスリムなボディを手に入れられなかったように、英語もついに身につかなかった。それでも昔は、ちょっとした会話ぐらいは出来たのであるが、今は喋ろう、という気さえ起こらなくなった。なぜなら、私よりもずっと話せる人たちと一緒に旅するからだ。ペラペラ喋る人の前で、カタコトで口をはさむのがイヤになり、それでますます喋らなくなったような気がする。

ところが、なんかこの世の中、まるっきり喋れず、オタオタするのはすごくカッコ悪いと思いません？

ついこのあいだおしゃれなカフェでお茶していたら、白人の女の人がウェイトレスに向かって何か尋ねた。すると彼女が答えたのであるが、その発音のなめらかなこと、まるっきりネイティブでとおりそうである。

私はいろいろ推理してみた。

「上智かICUの学生がバイトしてるのかしら。いや、いや、アメリカに語学留学していたものの、帰ってきても職がなくて、とりあえずここでウェイトレスしているのかな」

が、いずれにしても、ふつうに見えた女の子が、あんなに英語ペラペラなのはショックであった。

それなのに私はいい大人で、しかもこういう外国に行くことが多い仕事をしていて、一見慣れている風なのに、あまりにも喋れないのはかなりつらいことではなかろうか。

何もペーラペラにならなくてもいいから、ふつうにコミュニケーションが出来るぐらいにならなくては、かなり恥ずかしいかも。いいトシした大人が、外国人の前でおたおたしているシーンって、かなりつらい。

こういう時、いつも新しい教材を買ったり語学スクールに通い出すのであるが、私は既に自分の性格を熟知している。そお、〝三日坊主〟を、何十回してきたことであろうか。

そんなわけで、以前買ったり、出版社から送ってもらったりして、家の中でゴロゴロしている英語教則本を取り出してみることにした。これを毎日しつこくCDで聞いてみる。

中でも私が気に入ったのは、何年か前に出た「ENGLISHあいうえお」というやつ。

これは日本人が発音しづらい「R」や「V」を徹底的にやる教本だ。

「口をすぼめ、上あごにつかないように舌を動かしましょう」

はい、やってます。そして日本語の「ラリルレロ」でないRの音を出すのだ。この練習として、

「トラアジロ〜、フーテンのトラと言われけりィ〜」

を何回も言わなくてはならない。つまり、ラ行の音を巻き舌にするのだ。よく外国人の真似をする時にやるアレですね。おかげで私はこの

「トラアジロ〜」

が口癖となり、まわりの人たちにすごくイヤがられている。

教則CDだって毎日聞いているから、ヒアリングの力もついてきたような気がする。

私が新しいことを始めるのが、なぜこんなに好きかというと、

「私、もしかするとすごく前向きな人間かも」

といっときでも思えるからである。

ハタケヤマは、絶対にやらないから、と止めるが、今度「スピードラーニング」申し込もうかな。

タワーが好き

みなさーん、この連載をまとめた『美女の七光り』、買ってくださいましたか。おかげさまで売れています。

これをバネに、ファースト写真集もベストセラーにしたいもの。この話題、しつこくて申しわけないが、今日マガジンハウスに用事があって出かけたところ、テツオが写真を見せてくれた。

「修整はしてないぜ」

まっ、自分で思ってたよりもずっといいじゃん。さすがハヤシマリコを撮らせたら日本一の天日ちゃん。すっごく綺麗に撮ってくれた。しかし白いフレアースカートを着た真横からの写真、

「これは三分の二に削っといてね」

とテツオに頼んだ。

そうしているうちに、一緒に旅行に行ったライターのイマイさん、そしてツアー・アレンジャーのA氏も次々とマガジンハウスの会議室にやってきた。皆でドバイの思い出話に

ふける。

「本当に楽しかったよねぇ。ドバイのブルジュ・ハリファにも、のぼったしね」

「でもね、私なんか昨日、スカイツリーに行っちゃったもんね」

と、自慢話を始める私。

五月二十二日のオープンの一週間前、関係者を集めての内覧会があった。それに招待されたのである。新しもの好きの私は、嬉しくて嬉しくてたまらない。皆が行きたがるスカイツリーに、早く行けるんだもの。

押上までは、地下鉄で行った。表参道駅から三十分以上かかる。ちょっとした遠足気分だ。本を読み、ちょっとうたたねしているうちに押上駅に到着した。地上に出ると、目の前はもうスカイツリーではないか。まずエスカレーターで四階に行く。ここまでがすごく長い。準備中のショップ、レストランがいっぱいある。もうじき観光客でにぎわうことであろう。

ものすごく速いスピードのエレベーターで、展望台へ向かった。ここまでは三五〇メートル。これだけで東京タワーより高い。そして次に天望回廊。ここは四五〇メートル！

私は自他共に認める〝晴れ女〟なので、その日は、昨日までの雨がウソみたいに晴れあがっていた。昨日ここにいらしたレディー・ガガさまが本当にお気の毒であった。

東京の街が遠くまでよーく見える。あそこはレインボーブリッジ、その向こうに羽田空港が見える。

ドバイのブルジュ・ハリファはよかったが、あそこの街の向こうはすぐ砂漠であった。そこへ行くと東京の街はだだっ広い。もしここで地震があったら、大変なことになるだろうと思わずおっかないことを考える私である。

それにしても、今回の招待日は関係者が招かれているということで、おじさんばかりだ。おそらく東武の取引先の方々なのだろう。みなさんスーツ姿の男性ばかり。女性は数えるほどしかいない。ブルーのニットを着た私は目立ったのであろう、

「シャッター押して」

とおじさんに頼まれた。デジカメを確認したおじさんは、

「もう一回押してよ」

とぶっきら棒に言い、お礼も言わない。ちょっとむかついた。

が、お土産にすごく可愛いスカイツリーのマグカップと、スカイツリーの形をしたペットボトルをいただいた。マグカップは大切に使うことにしよう……。

という話をすると、みんなは、いいな、いいなと羨ましがる。今、世の中の人々はみんなスカイツリーのことばかり言っているが、私は東京タワーも大好き。今まで三度しかのぼったことはないけれど、私はいつも東京タワーのまわりをうろちょろしてきた。そお、あのへんがデイトコースだったのである。食事の後、夜の闇の中、浮き上がって輝く桜の向こうに、東京タワーが見えた。そこを恋人とずうっと歩くのは、東京の中心部に住む女の子の特権。思い出もいっぱい……。

最近私が時々行くのは、レストランの「タワシタ」。文字どおり東京タワーの真下にあるのだ。窓に赤くライトアップされたタワーを見ながら、お食事をして、ワインを飲む……。

ところでマガジンハウスの会議室でA氏たちみんなで、東京タワーについて喋り合った。

「外国人連れてくとね、東京タワー見て誉めるわ。アンティックですごくいいって」

「あそこは立地がいいわよね。ちょっと歩くと六本木だし」

「スカイツリーもいいけど、押上って遠いわよね。そもそも押上って、メトロの終点っていう感じだし」

それから私たちはいろいろな相談をした。ファースト写真集が売れたら、次はいったいどこへ行こうか。セカンド写真集は、スペインのバスク地方がいいとA氏は言った。そこは素晴らしいレストランがいっぱいあって、一つの町にミシュランの星が十六コあるそうだ。

フレンチ・バスクはチョコレート発祥の地、食の聖地だという。決めた。ファースト写真集売ってスペインに行こう。皆さん先行予約中です。ちなみにうちの近くの本屋さんでは、三人予約してくれたそうです。ありがとうございます。

ユーズドでいいじゃん

しつこいようであるが、ドバイのアルマーニホテルでの話になる。

ここで、ものすごくラグジュアリーなエステを受けることになった。しかし、その前にアンケートに答えなくてはならない。それが英語の細かい字で書いてある。

いいえ、そのくらいの英語は、別に答えられないことはないんですよ。が、老眼が始まった目にはその細かい横文字はつらかった。薄暗い待ち合い室で、ほとんど読めないのだ。

「お願い、訳して」

すっかり仲よくなったツアー・アレンジャーのA氏に押しつけた。彼はかなりおネエ口調で声に出してくれる。

「あなたのお肌の調子はどお？　ドライなのかしら、オイリーなのかしら……」

その時傍《そば》にいたテッツオがすかさず、

「オールド！」

と叫び、みなは大笑い。私はかなりむかついたのである。

そして昨日のこと、私は久しぶりで美容サロンに髪をカットしに行った。ついでにカラーリングも。ちょっと夏らしいアッシュ系にしようかしら……。

そうしたら仲よしの、隣りのマンションの奥さんも、

「私も行く」

と言い出した。偶然にも同じサロンなのだ。

そして帰り道、表参道の裏通りを歩いている時、私は彼女を一軒のお店に誘った。

「ここのセレクトショップ、わりと面白いものがあるんだよ」

新しいものとユーズドとが一緒に売られているのであるが、リサイクルショップとも違う。「高価格で買い取ります」などというプレートを見たこともない。まるでアンティックショップのような、豪華なつくりに、選び抜かれたものが置いてある。

私は一度ここで、クラフト風の刺繍入りバッグを買ったことがある。これは新品だ。私はもともと古着があまり好きではない。今ではユーズドというらしいが、なんか生理的に受けつけないのだ。おしゃれな若いコが、ユーズドを上手に着こなしているのはいいけど、顔もお古になったおばさんが袖を通すのはどうだろうか……。

それに何年か前のこと、パリで古着ショップに行ったことがある。在住の友人が、

「ここはシャネルもクロエも、毛皮も置いてあるわよ。日本から来た人は、みんな目の色変えて買い漁るのよ」

と教えてくれたからである。彼女ともう一人、女三人で行ってあれこれ見てたところ、ドアが開いて金髪のものすごい派手な女性が入ってきた。そしてドサーッという感じで布の袋からブランド品を置いていったのだ。しかし彼女からも、その服からも、ものすごくきつい香水のにおいが漂ってきて、私はどうにも手に取ることが出来なかった。こう見えてもわりと神経質なところがある私。骨董品も皿はともかく、誰かが口をつけた汁椀なんか絶対に買わない。着物は問題外。女の執念がしみついているような感じがするからだ。

しかし私が、久しぶりにそのセレクトショップに入ったのは、

「ユーズドで、レースの面白いものがあるかなぁ」

という気持ちであった。今年はご存知のように、レースが大流行。レースは私の大大好物である。ドバイでは黒いレースのドルガバのジャケットをさっそく購入している。他にも綿レースのブラウスを、日本に帰ってきてから買った。それだけじゃなく、昔のもので、すごく手の込んだレースのブラウスなんかを、さらっと着たくなったのである。

その店でレースものは見つけられなかったが、シャネルの木のサンダルを、三万二千円でゲット。これは新品である。お金を払おうとして、私はウインドウに、ピンクのメッシュのバッグを発見。もちろんボッテガである。

ボッテガのメッシュは、軽くてとても便利。しかし色によってはおばさんっぽくなるのと、ものすごく値段が高いので、なんとはなしに敬遠していた。しかしそのボッテガは、ピンクのメッシュでボックス。ものすごく可愛い。ユーズドであるが、袋もついてほぼ新

品である。

私は考えた。夏のバッグは山のように持っている。白のクロコが入ったデザインのものも昨年注文でつくった。しかし夏のバッグは消耗品だ。すぐにババっちくなる。ピンクのメッシュなんか、汚れやすいに決まってる。

「だったらユーズドでいいじゃん」

お値段は十二万で、カードで支払った。帰ってからこのことを夫に言うと、

「金がないわけじゃないんだろ。どうして中古品なんか買うんだよ」

と不思議がられた。

「誰か前の人がハナクソつけたかもしれないぞ。気持ち悪いじゃんか」

こういうのって、おじさんの発想だとつくづく思い、自分のことも反省した。

実は私のことをお金持ちのマダムと勘違いしたこの店の女性オーナーが、

「ハリー・ウィンストンのダイヤに、興味ありますか」

と声をかけてくれたのだ。はめてみたら心が揺れた。デザインも素敵。光り方がまるで違う。値段は五分の一くらい。さて、どうしよう。宝石のユーズドを買ったことがない。

ノースリーブはじめました

ここのところダラダラ食べ、飲んでいたらヘルスメーターがぴくりとも動かなくなった。それで私は自分を叱った。

「高いお金出して、肥満のお医者さんに診てもらってるのに、これじゃ何にもならないじゃないの」

そして私は目標を立てた。

「元カレに会う！」

もちろん、もうどうということはないけれども、昔よりキレイになったと言われたい。

「つくづく惜しいことをした。ああ、俺の人生は間違いだった」

と思わせたい。そのために頑張る。元カレとデイトするというのは、我ながらいいアイデアだと思う。

ところでこの話を友人にしたところ、

「いいなァ、私なんか元カレいないもん」

と言われた。大学生の時に知り合った今の旦那とそのまま結婚したからだ。その点、私

なんか遅く結婚したから、元カレって何人もいるもんね！　これってちょっと嬉しくなった。

　その中でもいちばんカッコよかった人にメールをしましょ。

「○○へ行ったら、昔のことを思い出してとっても懐かしくなりました」
○○というのは、以前二人がよくデイトした場所と思っていただきたい。つまり、たまたまそこへ行ったばかりに、突然、彼のことを思い出したようにもっていきたいワケ。
「よかったら、久しぶりにご飯を食べませんか」

とメール。なぜ私が彼のメルアドを知っているかというと、共通の知人から聞いたのである。実は七年前に、その知人を交えてご飯を食べたことがある。その時彼は私に、

「昔と少しも変わってないね」

と言ったものだ。次はその言葉をグレードアップさせ、

「昔よりずっと素敵になったね」

と言わせるのが今回のミッション。

　そんな時、「クロワッサン」が「下半身を鍛えれば痩せられる」という、素晴らしい特集を組んでくれた。その中から効きそうな、ロングブレスと腰割りをすることにした。それから私が今回悲願としたのは、

「夏までにノースリーブＯＫになる」

ということである。

昔の恋人と夜デイトするといったら、やっぱりノースリーブでしょ。あれを着ると、セクシー度がぐんとアップするのは、誰でも知っていることである。

しかし、私の二の腕にはたっぷりお肉がついていて、動かすとぷるぷる震える。よく中年女のぽっちゃり二の腕が大好き、という男の人はいるが、ああいうのに甘えてはいけない。極めて少数と思おう。

私の二の腕は「振り袖」なんてもんじゃない。両腕をパーッと拡げると、下の方にエラのようなぜい肉が三角形にあり、思わず、

「モモンガー！」

と叫んでしまう。そう、羽みたいに拡げて空を飛ぶアレだ。

私はこの一ヶ月、毎日ダンベルをしている。二キロのものを使って、三十分ほど体操をする。そのあとロングブレス、腰割りをするので大層忙しい。テレビを見ながらやる。バラエティ番組を見ながらやるので、時々笑ってしまい、ちょっと効果が薄いかも。

そのうちに私は大切なことに気づいた。

「二の腕というのは、絶対に出さなくてはいけない」

デブの人ほど、それを隠したがる。いつも長袖のものを着ているので、その下の二の腕はまっ白になり、脱いだ時にぶよぶよした印象を与えるのである。が、太くたって、肉があったって、出来るだけノースリーブにしていると、軽く日灼けしてひき締まったように見える。何よりも、いろんな鏡やガラスに映るおのれの二の腕にショックを受け、その場

で壁腕立てふせをしたりするのはいい傾向だ。

ところである女性誌を読んでいたら、プロポーションがいいことで有名なタレントさんの一週間が出ていた。驚いた。一日、朝起きると散歩やストレッチをして、仕事が終わるとジムへ行く。またはプールで泳いでいる。その合い間にはエステかネイルだ。そお、美しくなることが仕事なのである。

私のように原稿書きをしたり、打ち合わせや対談で、一日つぶす人間は本当に不利である。家事だっていろいろしなくてはならない。別にこっちは頭を使ってる、などという気はまるでないが、これなら最初から、

「勝負ついてる」

という感じであろうか。

もともと人よりもずーっとキレイな人が、一日のほとんどを努力に費やしているのである。私たちが小説の資料探しをするように、必死に自分の仕事のための投資をしているのだ。

が、私はテレビの人気者になろう、などという夢を抱いているわけではない、と考え直す。私の抱く願いはホントにささやかなもの。

昔、大好きだった人とノースリーブで、バーのカウンターに座ってみたい。ただそれだけのことなの。ところで、ダンベルより痩せる二の腕運動、何か知ってる人、教えて！

踊るマリコに買うマリコ

ゆきつ戻りつしながらも、それでも順調に体重が減っている私。

そして私は、念願のブランド店に足を踏み入れた。そこはセリーヌ！

三年前に劇的に体重を落とした私は、ここで買物しまくったことがある。そのためショップの店員さんから、ケイタイに電話がかかってくることもあった。

「ハヤシさん、新作入りました」

そのたびに私は言ったものだ。

「あの……、いま、すごく太って、とてもおたくのものを着られないんです」

表参道を車でとおると、セリーヌのウインドウにはいつも素敵なワンピースが飾ってある。白と黒のツートンカラーのワンピ。

ファッション誌の編集者も言ったものだ。

「いまセリーヌ、本当に可愛いよね。あそこのは高いけどさ、いいのはバッグだけじゃないよねー」

そうだワ、新作『美女の七光り』がそこそこ売れている。あの印税がもうじき入ってくるはずだから、セリーヌのワンピの一枚や二枚買ってもバチはあたらないかも。

そんなわけでショップに入っていったら、思わず声があがる。

「まあ、ハヤシさん、久しぶり！」

そうか、三年前の店員さんたちがまだいたのだ。

「いらしてくださって嬉しいですよ」

「そうなの……。私、頑張って痩せて、やっとここに来られるようになったのよ……」

なんだか「感動の再会」という感じになった。

そして私がまず試着したのは、そお、例のツートンカラーのワンピ。しかしこれ、超ミニなのである。いくらなんでもこれは着られないでしょ。

そして次に試着したのが、深いエメラルドグリーンのワンピ。金ボタンがついていて、ちょっとクラシカル。そして試着したらするりと入り、とても似合う（ような気がする）。

そしてもう一枚は、胸のところが遊びのボウになる、ごくシンプルな紺色のワンピ。素材がものすごくいいので、すとんと体に落ちていく。

私はレギュラーのブランド、ジル・サンダーやプラダも大好きであるが、こうしてふだん着ないブランドを着る時の喜びというのは、何といったらいいのだろうか。

なじみの洋服ではなく、いつもとは違うモード系を試着する時、

「よし、着こなすぞ」

というパワーが、体にみなぎってくるのを感じる。

結局私はこのワンピを二枚と、シャーベットカラーのピンクのカーディガン、バングルを買った。かなりの散財だ。実は来月、友だちと香港バーゲンツアーに行くはずであったが、ここで使いきったかもしれない……。

しかし心配なことがひとつある。ノースリーブのワンピを着るためには、二の腕からぜい肉に去ってもらいたいのであるが、まだしつこく居座っているのである。

これについては前回も書いた。毎晩、お風呂上がりに必ずダンベル体操をし、マッサージだってしている。それなのにまだぷよぷよ感は抜けきらない。

その時、友人からのメールを思い出した。

「最新の機械を使って、小顔にしてくれるところがあります。ボディにも効くかも」

そうだ、この二の腕を何とかしてくれるかもしれない！

ということで、友人に連絡をとってもらい、青山の事務所に出かけることにした。ここは、イタリアやフランスの美容機械を輸入し、お医者さんに売る仕事をしているそうだ。

女社長さんがおっしゃるには、

「ハヤシさん、脚やボディにとても効く機械があるんだけど、これは専門のエステティシャンしか動かせないの。でもよかったら、小顔になるピアスシールをしていってください」

ということで、顔にヒアルロン酸を塗るエステをしてもらい、耳にシールを貼ってもらった。

そうしたらびっくり。目がぴんと確かに上がったではないか。気のせいか法令線も薄くなったような気がする。

すごい、すごい、と驚いたら、

「今度は脚もやってみてください」

と社長。

「K-POPの女の子たちは、みんなこの機械で脚を細くしているんですよ」

と傍の大きな機械を指さした。ここは会社なので料金を取ることは出来ない。ごく親しい友人にだけ、実験的にいろいろ施術をしてくれるそうなのである。

「こっちの機械は、ヒップを上げるもの」

と指さしたものにも心ひかれる。今度からここに通うことにしよう。

ところで私が二の腕のぜい肉について悩んでいると語ったところ、別の友人から耳よりな情報がもたらされた。

「テレビでやってたけど、阿波踊りって、腕のたぷたぷとるのにいちばんいいって！」

そんなわけでダンベルの後、テレビの前でひとり踊る私。

「えらいやっちゃ、えらいやっちゃ、ヨイヨイヨイヨイ……」

こんなに頑張ってる私って……。

並の上でいいの

うちの階段の下にゴタゴタ置いてある紙袋を整理したら、中から新品の靴が五足とカーディガンが出てきた。

このカーディガンは、春先買ったプラダで、手編み風のすごおく可愛いもの。が、靴と共に記憶を失いかけていた。

こういうものを発見すると、私は実のところ、あんまりおしゃれとかファッションが好きじゃないんだなァとつくづく思う。買物するのは大好きで、いつも流行のものを身につけておきたいと思うタイプだが、そこで終わってしまう。買物依存症というほどひどくはないが、まあ、ワンシーズンそういうものを着てしまうと気が済んでしまうのだ。それ以上に工夫したり、組み合わせてあれこれしよう、ということはない。

私の友人たちときたら、本当にすごいですよー。ファッション誌の編集をしていたり、ハイブランドのPR担当、スタイリスト、ということもあるんだろうが、「洋服命」という人たちでいっぱいだ。

黒のポロが
こんなにオシャレなのは、
胸のダイヤと
白いスカートのせい、
あとメイクも髪も完璧！

昨夜そういう人たちと、ごはんを食べたら、話はやはりそういう風になる。

「インターネットでね、やっとプッチの布見つけたの。古いものだけど状態はいいわ」

「よかった。それ、私にも少し分けて」

「いいわよ。半分分けてあげる。手縫いでつけられないことないと思う。背中のあの面積ならね」

どういう話かというと、二人で毛皮のストールを買ったけれど、裏地がどうしても気にくわない。ミンクの裏をプッチにしたら可愛いんじゃないかと盛り上がっているのである。

このあとはハンドバッグの話になる。友だちはスマートフォンで、写真を見せてくれた。白い革のバッグに、ラメでテディベアがついている。

「ソウルですっごくいい店を見つけたの。こういう風につくって、って写真と絵を持っていくとね、そのとおりにつくってくれるのよ」

「わー、私も頼んじゃおう」

「じゃあさ、一泊でみんなでソウル行こうよ。羽田出て羽田に帰れば、博多行くのと同じ。あそこは安くて可愛いものがあるからさァ。ナンチャッテもいっぱいだよ」

ときたかと思うと、今度はファッション界の噂となり、

「展示会行ったけど、今度のジル・サンダーいいよ。デザイナー替わるけど、今度のがいちばんいいんじゃない」

と急にハイレベルに。みんなメイクからネイルまで、まるっきり隙がなく、私なんか圧倒されそう。

男の人と会う時も着ていくものに気を遣うけど、もっと遣うのがこういう女子会ですね。こういう中に入ると、私なんか洋服にかける執念と意気込みが違うとつくづく思う。

もっと若い頃、私は友人に聞いたことがある。

「どうやったら、あなたみたいにおしゃれになれるの」

彼女は教えてくれた。

「明日着ていくものを、全部コーディネイトするのよ。帽子、靴、アクセもぜーんぶ」

夜に一時間かけて、これをやっている時がいちばん楽しいそうで、コーディネイトのためにトルソーも買ったそうだ。

これを私がやれるか、というと絶対にやれないと思い、諦めた。やはり洋服にこれだけ情熱をかけられるというのは、特別なセンスを持っているからであろう。私に出来ることは、チョロランマことクローゼットに入り込んで、着ていきたいものをひっぱり出すこと。しかし組み合わせたいものが、きちんとすべて出てきたことがない。冒頭のべたように、紙袋の中で眠っていることも多々ある。

そうよ、こんなレベルのセンスしか持てなかったのは、もう私の運命なのね。その代わり、夜のコーディネイト分、眠ることも出来るのだ。

ところでこの頃、美人を見ると大変だろうなァと思うことが多くなった。モデルさんとか女優さんという、美人がやるべき仕事に就いているなら問題はない。ふつうのＯＬというのも、得をすることの方がはるかに多いはず。いろいろ問題がありそうなのは、広告代理店とかＰＲ会社、出版社といった、女性が前面に出て活躍する仕事に就いている人たちですね。

おじさんたちを接待することもあるし、対等にミーティングすることもある、という仕事で、美人だったらどれほどわずらわしいことであろう。すごく感じのいい取引先の人、と思っていたら、突然口説かれることもあるはずだ。手も握られたり、路チューされそうになる危険と、いつも隣り合わせにいる。

どんなにわずらわしく、イヤなことであろう。あらゆる手を使って、危険を回避していっても、他の女たちから嫉《ねた》みを買い、「サセ子」と陰口を言われたりする。美人にはなりたいが、好きでもない男に、ナンカされるのは絶対にイヤ！

私は思うのであるが、女としての魅力も、ファッションセンスも、ほどほどのところがいいかも。それを専門の仕事にするならともかく、あまりにも並はずれていると時間は喰われる、トラブルも出てくる。そう、私は並の上ぐらいの美人でいいの。このゾーンがいちばん幸せだもん。

脱〝地産地消のオンナ〟

今日銀座を歩いていたら、ハリー・ウィンストンの店があった。さっそくウインドウに顔をくっつけて、値段を確かめる私。

こういうことをするのは、おそらく私だけではあるまい。そお、長谷川理恵さんが「小さい」と不満を持った宝石ということで、ハリー・ウィンストンはすっかり有名になったに違いない。

最近長谷川理恵さんがお書きになった『願力』を読んで、私はすっかり感動してしまった。そこには私の知らないきらびやかな世界があったのである！

二十代の頃、私なんかビンボーな男と、居酒屋にしか行っていなかった。しかし長谷川さんは違う。高級ディスコのＶＩＰルームで、男の人にちやほやされているのである。

プレゼントだって、私なんかヌイグルミとか、せいぜい安いリングだったのに、長谷川さんはダイヤ、高級ブランドの靴や服。ファーストクラスで行く旅行ｅｔｃ…。

もー、女の価値が違うという感じである。

長谷川さんはずばり言い切る。

「私はお金のかかる女です」

いいなァ、こんなこと一度でいいから言ってみたい。

「しかしお金をかける女でもある」

カッコいい。そお、美しさを保つために、いろいろ努力しているのだ。

私がこの箇所をテツオに語ったところ、

「アンタだって、すごおく自分にお金かけてるじゃん」

そうだわ。私も美容のためのお金、洋服代を考えると、かなりの金額になると思う。

「だけどアンタの場合は、金の出どころが自分なんだよな。全部自分で出さないといけないところがつらいところだよナァ」

とテツオは意地悪気に笑う。

「自分で稼いで自分で遣う。つまり、地産地消っていうことだナ」

なんてうまいことを言うのだろうと、怒れなくなってしまった。

しかし女と生まれたからには、男に金を遣わせたいものである。前回、私は〝並の上〟を目ざす、などと書いたのであるが、なんとつまらん小さい希望だったのであろうか。仮にも写真集を出す私が、「並の上」ぐらいで満足しようとしたなんて。

実はこの私とて、過去にお金持ちの男の人とつき合ったことがある。この男の人とデイトしていた最中、ハリー・ウィンストンの店の前で彼は言った。

「何かプレゼントしてあげようか」

しかし男の人にそういうことをされなれていない私は、大層焦ってしまい、
「いいえ、そんな。こんな高いもの……」
とウインドウの前から逃げ出したのである。口惜しい。そんなわけで私の人生の戦利品はヌイグルミレベルとなっているのである。

さしさわりがあるので名前は言えないが、私の知り合いで有名女性がいる（注・女優さんではない）。この人は男の人とつき合う時に、まずレストランでものすごく高いワインを頼むのだ。五万、十万のワインではない。ロマネ・コンティクラスのすんごいものを注文する。すると勘定書きが百五十万とかになるそうだ。

中には眉ひとつ動かさず、平然とカードの明細書にサインする男の人がいる。ここで合格ということになり、晴れて彼女の恋人となることが出来るらしい。すごい話だ。

しかし彼女はさらにこう豪語しているそうである。
「私もおごられっぱなし、なんていうことはないわよ。私も相手の男の人に、すっごいプレゼントするもの」

高級ワインに等しいくらいの、ブランドの時計を男の人に渡しているということだ。

そして聞いたところによると、長谷川さんも男の人に、気もお金も遣っていると、親しい編集者は証言している。
「私はお金をかける女」
というのは、こんなことも指すようである。

「恋人の誕生日の時に、理恵さんはものすごく高いパテック フィリップの時計を贈ったりしているんです」

私は感動してしまった。やはり長谷川さんクラスになると、おごられっぱなし、男の人にお金を遣わせるのはよしとしないのである。

ところで今朝、ワイドショーを見ていたら、「三高と三平、どちらがいい」というアンケートをしていた。「三平」というのは、平凡な見た目、平均的な年収、平穏な性格、という意味である。驚いたことに八割の女の人が、三高よりも三平を選んだのである。二十代の女性は、彼（三平っぽい）が横にいたこともあると思うが、

「頭がよくて高収入の人は、冷たい性格の人が多いから……」

と答えていた。

「アンタさァ、本当に頭がよくて高収入の男とつき合ったことあるワケ？」

と、つっ込みを入れた私。おそらくこういう人って、恋愛の〝下流〟に一生いるのであろう。

そこへいくと長谷川理恵さんは、恋愛の選ばれた特権階級。ダイヤ、パテック フィリップがとびから世界。こんなきらびやかな場所を見せてくれてありがとうね。

「と、四畳半からあんたは覗いているね」

とテツオがさらに憎まれ口をたたく。

特典は生写真!?

自分で言うのもナンであるが、この頃「美人の自覚」が出てきたような気がする。

もちろん勘違いというものであるが、自分だけで持ってる分には、人に迷惑かけるわけじゃなし。私のまわりには、キジカナ真っ青の勘違い女が何人もいて、

「ほら、私って昔から男が切れてないし」

とか、

「このあいだも芸能人に間違えられちゃってぇ」

などということを平気で言い、私は内心わなわなと震えてしまうの。

「こ、こんなレベルで、こんなこと言うなんて、私の今までの人生っていったい何だったたの」

まあ、こんなことをグチっても仕方ない。私は私のことだけ考えましょ。そお、私は写真集が出るような女なのよ。

ホントにつくったろかい
ブロマイド(修整して)

先週の金曜日、私は友人を誘ってお鮨屋へ行った。そこはすごい人気店で、席を取るのになんと八ヶ月かかった。そんなわけで私は食べまくる。いつもは炭水化物抜きの食生活をしているのに、もおー、食べて食べて食べまくった。

そして土曜日は、さくらんぼ狩りに山形へ。さくらんぼが嫌いな女の子はいないと思うけれど、あの果実がなっている光景は本当にキレイだ。知り合いが自分の木を持っているので、観光客は摘めないその木に寄ってたかってもぎとる。口に入れてはタネを出してペッ、ペッ。そして収穫したものはお土産に出来るので、次第に本気になっていく私。友人から、

「入れ放題袋詰めに挑戦する、北斗晶の顔になってる」

とからかわれた。

その夜は、老舗旅館に泊まったのであるが、私はダイエットをしている人に忠告したい。減量中に、絶対温泉旅館に行ってはいけないと。ホテルだったら、いろいろ調整も出来るが、旅館だと夕食に料理がどっさり出る。しかもどれも美味しいから困る。

夕食の最後に土鍋でご飯を炊いてくれたのであるが、山形米がピカピカ光ってるじゃないの！　ひと口入れる。ほんのり甘いお米。ああ、ご飯ってこんなに美味しいものだったのかしら……。気がつくと大盛りで二杯食べていたではないか。お腹いっぱいのあまり、〝く〟の字に体を曲げて帰ってきて、そのままドタッと倒れて寝てしまった。

果たして月曜日の朝、おそるおそる体重計にのったら、なんと一・五キロ増えていた。

たった三日のことで、一・五キロなんてむごすぎる……。

ふだんだったら、ここで自暴自棄になるところであるが、私はキッと空を仰ぐ。

「私は負けない。三日で体重を戻してみせる」

自分をいましめ、いつにも増して食べないようにした。定食のご飯だって、お店の人に「いりません」と頼む徹底ぶり。そしてなんとか三日で元に戻したのである。

その日はたまたま、新橋演舞場に歌舞伎を見に行っていた。歌舞伎というのは、たいてい朝は十一時から、終わるのは三時か四時。ほぼ半日かかってしまう。私は気が気ではない。

写真集のプロモーションのため、明日は女性誌のグラビア撮影と、テレビ出演が予定されている。それなのに爪が汚い。このところサロンに行く時間がとれず、自分で適当にネイルを塗ったのもよくなかったらしく、途中で割れてボロボロになっている。ペディキュアも剥がれて最悪。これだとサンダルがはけないじゃん。

いつも行く代々木上原のサロンに電話をしたら、午後は予約でいっぱいだと言う。私は〝独身ハッチ〟こと、アンアンのこのページの担当者、ハチスカ氏に電話した。

「歌舞伎が三時に終わるけど、この近くでいいサロンがあったら教えてくれない？」

そうしたら親切なハッチは、わざわざマガジンハウスから、新橋演舞場まで迎えに来てくれた。歩いて五分の近さだけど、本当に親切だ。そしてサロンまで連れていってくれたのだ。

銀座の一流サロンの個室なんて、初めてといっていい。技術もすごいし、タオルもネイリストも綺麗。足の裏もツルツルに磨いてくれて大満足である。

私の手の爪はボロボロになっていたが、ちゃんと手入れをしてもらうと、短いなりに見事に美しくなる。プロって本当にすごい。

乾く間にいろんなことを考える。私も成長したもんだワ。今までだったら諦めたネイルを、どんな手を使ってもやろうとする根性が生まれたし、体重だって早期に手をうった。

そういえば私のブログのファンサイト（といっても推定二十人ぐらいか？）に、

「マリコさんの写真集、先行予約するとどんな特典があるんですか」

という問い合わせがあったため、私は、

「何がいいですか、アイデアあったら教えて」

と書いた。そうしたら、

「私はマリコさんのブロマイドがいいです」

だって……。ファンっていうのはありがたいですね。私たちの間だけに生まれる特殊な世界。だからって私はこれが一般に通用するとは思ってませんよ。ホント。

ハヤシ家のDNA

先日、山形にさくらんぼ狩りに行ったことは、既にお話ししたと思う。

あの時食べに食べて増やした体重も元に戻し、残っているのはいい思い出ばかり。その中でひときわ印象に残っているのは、山形で会った男性が、イケメンばかりだったことであろう。

私の友人の知り合いである、地元の若い社長さんが二人、車を出してくれたのであるが、行く先々でおめにかかった老舗の社長さんも、みーんな素敵な方ばかり。

「どうして山形って、こんなにいい男ばっかりなんですか」

私は地元の方にぶしつけな質問をした。

「秋田は美人が多いっていうけど、男は山形ですね。もしかすると、大昔にロシアの血が入ってたりして」

「そんなことは聞いたことがありませんね」

みんな苦笑していた。

ところが昨日、私は重大なことに気づいたのだ。山形、と聞いただけでわき起こるこの甘ずっぱい気持ちは何……？

「そうだわ、私の元カレの故郷じゃん」

うんと若い頃から十年以上つき合った男性は、山形県の酒田市の出身であった。確かお母さんと妹さんが暮らしていたと記憶している。

東北人らしい細い涼やかな目。寡黙でちゃらいところがない性格……。そう私の中で山形の男は好みとして、ずっと刷り込みされていたのである。

そこへいくと、京都の男の人はフラれてしまったのでいい思い出がない。今でも京都の男性と会うと身構えてしまうところがある。京都の人って、男も女もお腹の中で考えていることと、口に出すこととが違っている、というのはよく知られていることだ。これはまあ、洗練された文化といえないことはないだろうが、まあ、アレですね。

うちの弟は、会社に入り関西勤務になった。イナカ者の彼は、すっかり京女パワーにやられてしまったらしい。

「京都の女の人って、本当に綺麗だ。やさしい」

とずうっと言い続け、京都の女性と結婚した。

うちの山梨の実家には、かつては家訓のようなものがあり、

「東京の男との結婚はまかりならん」

というのがあったらしい。

「東京の男は冷たいから」

と、いう理由で、年上の従姉たちはいろんな縁談を祖母が断ったという。それはうちの母が、東京の下町出身のうちの父親と結婚してすごく苦労したという実例があったからに違いない。

しかし世代が替わると、従兄姉の子どもたちは、みんな東京の人と結婚している。そしてこの私も東京の男を夫としているから、もうそんな家訓も大昔の話だと思っていた。しかし山梨にいる親戚の女の子は、東京の大学を出ているにもかかわらず、結婚するならやっぱり山梨の男だそうな。

「東京の男の人って、やっぱりコワい。何を考えてるかわからないし」

ということで、故郷であれこれ探している。

ところで話がまるっきり変わるようであるが、夏のバーゲンで靴を七足買った私。私はいつもものすごい数の靴を買う。壁面をめいっぱい使った靴箱も何の役にも立たず、靴は玄関いっぱいに拡がっている。

夫は怒る。

「いったい靴を何足持てば気が済むんだ!」

が、これもひとえに、私の大足のせいである。二年前トレーニングシューズを買うために計測してもらったら、やはりと思った。私は縦は二十三・五センチと、ふつうサイズである。しかし横のサイズが二十五センチ相当なのだ! ワラジのような幅広足!

これがどういうことになるかというと、横のサイズで靴を買わなくてはならない。それもデザインが左右に拡がるやつだ。細身のものは絶対にダメ。

そうして何回か履いているうち、横が拡がってきていい感じになる。いい感じになったと思ったとたん、足がスポリと抜けてくる。そお、縦は余っているから当然である。

このあいだドバイで買った、ジミーチュウのネットのバレエシューズ。ものすごく気に入って、しょっちゅう履いていたら、横が拡がり歩くたびに脱げてしまう。こうなったら歩行が危険なので、もう処分することにする。

もちろん捨てません。だって高かったんだもん。まとめて山梨にダンボールで送る。そう、山梨の親戚の女の子は、私よりももっと大足で、この靴を待ち望んでいるのである。

大顔、大足というのは、わが一族の特徴だ。おそらく私たちの先祖は、甲州の大地を踏みしめて生きてきたお百姓だったはずである。そう思うと、私が東北の男を好きになった理由もわかるような気がする。

そうそう、うちの夫のルーツは、九州の熊本だ。九州男だからすごく封建的でエバる。腹が立つ。結婚する時、出身の県のこともちゃんと考えりゃよかったなァ。

グローバル化と言われても、県民性というのは確かにある、とみなわかってきたから「県民ショー」なんて番組が人気だ。

コートの独り言

この人、誰？

とにかく写真集を売る。

このミッションを課せられた私は、いろいろなプロモーションに頑張っている。

なにしろ私に入ってくる印税の分は、自前の洋服をどっちゃり買って、もはやほとんど使っているのだ。しかもテツオは、ドバイロケを敢行するために、すごくお金をかけた。

写真集の売れ行きには、今後の私たち二人の運命がかかっているのである。そんなわけで、雑誌のインタビューもいっぱい受けることにした。「美ST」の山本編集長は、昔からのつき合いでテツオとも仲がいい。その編集者から、

「ハヤシさん、それじゃうちのグラビア用意するから」

という有難いお申し出。しかもヘアメイクは、今日本でいちばん売れっ子の、藤原美智子さんがしてくださるというのだ。そのうえ同じ日に、フジテレビの「僕らの音楽」という対談番組が入った。

「ハヤシさん、赤坂のスタジオへ行って、帰りはフジの湾岸スタジオにまわってください

ね」

相変わらず、自分は一歩も事務所から出ることをせず、スケジュールをびっちり入れるハタケヤマである。着替えの靴や洋服、合間にする仕事の資料を持ち、一人でスタジオに入る私の身にもなってほしいわ。ずーっと昔から一人だから、誰かについてきてもらいたいわけじゃないけど、トシとってくるとやっぱり重い荷物はつらいの。

この頃は作家といっても、芸能プロダクションに入り、マネージャーや付き人を従えてくる人も何人かいる。こういう人は、ギャラも私みたいに〝文化人値段〟でなく、タレントさん並にちゃんと貰っているみたいだ……。いけない、ついひがみから話がそれてしまった。

とにかく、着替え持って一人でスタジオうろちょろしてるのって、気が重たいです。しかも撮影場所は、私のよく知っているマガジンハウスとかではなく、アウェイというべき「美ST」の現場。超大物の藤原さんに顔やってもらうのも緊張してしまう。

しかしうちのハタケヤマは、自分がどこにも行かず、事情を知らないものだから呑気なことを言う。

「ハヤシさん、美STの撮影でバッチリお化粧してもらうから、次のテレビは局のヘアメイクさんにお直ししてもらうぐらいにしてもらいましたから」

そんなもんかしら……。でもなんかヘン、と思いながら赤坂のスタジオへタクシーで向から私。

そして到着するなり藤原さんが、念入りにメイクをしてくださった。してもらうのこれで三回め。

「今日、カメラマンから、すごく強いメイクをするように言われてるの」

たぶん強いライトで「とばす」んじゃないかなあと思った。ほら、よくやるアレですよ。弛《たる》みやシワは消えて、目だけがはっきり見える、いわゆる白っぽい写真ですね。

が、それにしても藤原さんのメイクの巧みさ。私の目はつけ睫毛もつけてもらい、通常の二倍の大きさになった。唇もぽってりしてなんともセクシー。

しだいに私は心配になってきた。写真でも文章でも著作権というのがある。これだけ一流の人にメイクをしてもらい、そのままちゃっかり別の仕事に出るというのは、仁義に反することではなかろうか。長年このギョーカイにいる私であるが、こういうケースがよくわからない。もしかするとものすごく非常識なことをしているかも。

私は思いきって藤原さんに言った。

「このあとテレビにも出るんですけど、大丈夫でしょうか」

「あら大変」

藤原さんは言った。

「テレビと紙媒体じゃ、メイクの仕方がまるで違うのよ。いまハイビジョンで、テレビはものすごく薄化粧になっているし、テクニックがいるの。このメイクじゃ絶対に濃すぎるわ。終わったら私が調整してあげるわね」

なんていい人だろう。そして撮影が始まる。カメラマンも、この日のために一流の方を頼んでいてくれた。女優さんの写真で有名な方だ。それなのに私なんか撮らせてすみませんねぇ。

そして出来上がった写真は、ものすごい美人になっているではないか。藤原マジックによって、パソコンの画面には妖艶な美女が微笑んでいる。プリントしてもらったものを、家のテーブルの横に飾っておいたところ、夫が尋ねた。

「なんでこんな写真貼るの。この人、誰？」

私と告げたところ、こう言われた。

「これって詐欺っていうもんだよ。実物とまるで違うじゃないか」

そのくらいキレイだったということであるが、次のテレビ局へ行ったら、左目のつけ睫毛が取れてきていた。瞼がつけ睫毛の重さに耐えきれなかったのだろう。そんなわけでどっちの目のつけ睫毛も取ることにした。ハイビジョンが怖いもの。

今、すんごいアイメイクしている若いコに私は言いたい。

「命短し、つけろよ乙女。エクステ、アイプチ、落ちぬー間に〜〜」

あのすごい睫毛も若いときだけですよ。

先立つものは金《ゴールド》？

友だちが誘ってくれて、ある占いの人のところへ行った。そこは予約を半年前から入れなくてはいけないのだが、彼女が特別に頼んで二人入れてもらったのである。

「コワいぐらいあたるのよ」

と彼女は言った。

ここのいいところは漠然と、どうのこうのと言うのではなく、月ごとに、

「〇〇に注意するように」

と具体的に教えてくれることだ。私はまず今月気をつけなくてはいけないこととして、

「スケジュールのことで、いろいろトラブルが起こるかもしれません」

と言われ、びっくりした。というのはその日の朝、ハタケヤマが重要な用件をダブルブッキングしていて、二人で真っ青になったばかりだったからである。

「それからハヤシさんは、働いても働いてもお金がたまらないでしょう」

と言われ頷く私。まあ、これだけ使いまくっていたら貯金なんか出来るわけもないけ

ど。

「おうちの北東に台所とかがありませんか」

確かにそのとおりで、わが家の北東の一階はキッチンとトイレ、二階は浴室になっているからである。

「水まわりのせいでお金が流れてしまいます。メッキではない、金のものを台所の片隅に置いてください」

と言われ、はたと迷った。金色のものって何を置けばいいのかしら。リングを置いてもいいけど、それはちょっともったいないような……。金メッキのだるまの貰いものはあるんだけど……。

「あら、それは金ののべ棒を置けってことじゃないの」

友人が言う。

「そうよ。そのくらいのものを置いとかないと、効き目がないわよ。帰りに田中貴金属へ寄って、二百万ぐらいのもんを買ったら」

なんて友人は笑っている。

この後二人でお茶をしたのであるが、彼女は言う。

「やっぱりあの先生にカレのことは聞けないわよねぇー」

すごく謹厳そうな宗教家（だと思う）の方である。彼女は私とそう年齢が変わらないのであるが、現役バリバリの独身。まだまだ色っぽくキレイだ。相手は当然のことながら奥さんがいるので不倫ということになる。

「私さ、このあいだ久しぶりに二股やっちゃったら、もう疲れて疲れて大変だったの。体力がもたないっていう感じ。塩谷瞬はよくやったわよねぇ」

ナマナマしいことを言う。もう男の人とのデイトの日にちを調整したり、片方にバレないようにするだけでも、ものすごく気を遣うそうだ。そして今だって忙しい中、ボディケアして、ネイルしてサロンしてデイトして、そーゆーことをしていたのに、今度はその回数が倍になったというのだから、さぞかししんどかったことであろう。しかし「お疲れさま」という感じで、羨ましくない。

それにしても私はつくづく思った。占いというのは、恋する女のためにあるんだ。私たちのように、仕事のことを相談するというのはやはり味気ない。

そこへいくと若い頃の苦しく、切実なことといったらどうであろうか。

「本当にカレと結婚できるのかしら」

と、わくわくドキドキ。中でも記憶に残っているのは、当時の恋人と二人で占いの先生のところに行った時のこと。

「もうこちらは、心を決めてらっしゃいますよ」

と占いの先生は言ってくれ、彼も照れながら頷いてくれたのに、結局フラれてしまったのよね……。そうそう、

「相談する人の結婚相手の顔が頭の中に浮かんでくる」

という女の人のところへ行ったこともあるわ。

「ものすごく若くてハンサムで、年上の人です」

という言葉にとび上がっちゃった。

「えっ、どんな顔ですか、芸能人で言うとどんな顔!?」

「えーと、仮面ライダーの傍役《わき》に出ている人です」

ということで、そのあんまり有名じゃないタレントさんの顔を確かめるため、知り合いに頼んで、プロダクションから宣材写真を送ってもらったこともあったっけ。

「私はどんな人と結婚するの?」

という、あの知りたがり願望より強いものはないような気がするの。

ところで台所に置く金のものであるが、よく考えた結果、このあいだ買ったばかりのセリーヌのブレスレットをいったん置くことにした。これが私の持っている中で、いちばん重たく、金の含有量がいちばん多そうだからである。これで少しはお金が貯まるかもしれない……。

などと決心した私は、そう、来週からサマーバケーションで香港へ行く。いつものホリキさん、中井美穂ちゃんと三人の買物ツアーだ。

「もう秋ものも出てるわよ」

と現地の友人からの情報もあり張り切っている。本場で金ピカのもの、何か買ってくるつもり。あ、お金はどうなる?

夏こそ着物よ

もう、暑くて暑くて死にそう。

女は夏にフケる、と言ったのは誰だったかしらん。確かに陽灼けはするし、髪はパサパサになってくる。おしゃれする気は失せていく。

それに何といっても、夏は若くてスタイルのいいコに、何をやってもかなわない。よく街で見かける、Tシャツにショートパンツ、ビーサンの女の子。脚に自信があるコがよくこのさりげない格好をするが、まあ、そのカッコいいこと。ホント、羨ましい。

そうそう、このあいだ沢尻エリカさまが、映画の舞台挨拶に立った。公に姿を見せるのは久しぶりだ。その姿を見て、ぶっとんだ人も多いだろう。金髪のショートヘアに、ものすごい厚化粧なのだ。しかし若くて美しい顔なので、ものすごく似合う。パーッと花が咲くような華やかさだ。

こんなことを言うと、ただのひがみに聞こえるだろうし、事実そうなのであるが、ハーフって本当にいいと思いませんか？　ブスのハーフなんて見たことがない。日本人のママ、

もしくはパパに多少難があっても、ハーフとなると魔法がかかったように美しくなる。それどころか、お母さんが日本人の場合、地味な顔をしていた方がぐっと美女度が高まるようだ。

私の友人は国際結婚をしてアメリカの南部に住んでいた。生まれたコはハーフの女の子である。あっちの方は人種差別があって、いろいろつらいことがあったという。しかし日本に遊びにくるといろんな人にちやほやされる。原宿ではスカウトされたそうだ。すると娘は、

「日本の方がずっといい」

ということで一人留学してしまった。日本ぐらいハーフがモテる国はないんじゃないかしらと友人は言う。

ホントにハーフの人は得してるワ、と思う。もうそれだけで美人は約束されているようなものではないか。

しかし私がいきつけのクリニックの医者がこんなことを言った。

「白人って若い頃はものすごく代謝がいいんですよ。体がいつもカッカッ燃えているから、真冬でもTシャツだけで平気なんだ。だけど中年になると、代謝がガクッて落ちる。だからどんどん太る。ハーフの人も、中年になるとぐっと太るでしょう」

そういえばタレントのあの人も、あの人もと、何人かあげることが出来る。そうか、若い時はあんな美女でも、いきつく先は私と一緒かと思うと、ちょっと嫉妬する気持ちが弱

まりますね。

ところで、写真集も出る私の美しさが認められたのであろうか、このところ毎日のように雑誌の取材がある。昨日は着物を着て料亭で撮影があった。ヘアメイクさんが髪をアップにしてくれ、着付けの方がすごく綺麗に着せてくれる。その後私はちょうど出かけなければならない集まりがあったので、真夏の着物を持参した。せっかく髪もアップにしてもらったことでもあるし、着物でお出かけすることにしたのだ。

夏の着物というと浴衣しかないと思っている人が多いけどとんでもない。紗《しゃ》や絽《ろ》といった透ける着物はよそゆき、ふだんの着物には麻がある。ふだん着といっても、今はつくる人が少なくなっているので、とても貴重なもの。その日私が着たのは、宮古上布といって、沖縄の宮古島で織られたものだ。ロウを塗ったようなてかりがあり、麻の葉模様がさわやかな私の大好きな一枚だ。これに羅といって粗く編んだ白い帯を締めた。

自分で言うのもナンだけど、みんなに誉められたことと、喜ばれたことといったらない。主催者の方から、

「こんな素敵なものを着てきてくれてありがとう」

とお礼を言われたぐらいである。そうよ、今日は「美しい国の美しいひと」の私よ。そお、これアジアンビューティー特集をした時の「アンアン」巻頭のコピーですね。

夏はそりゃ、露出の多いワンピースやタンクトップもいいけれど、そういうものだったら十代や二十代のはじめの女の子にかなうはずがない。ピチピチの肌は、太陽の光をはね

かえしてまばゆいくらいだ。

が、ややトシくってきたら、夏の着物というテがある。ホントにこの威力たるやすごい。だいたいにおいて、オーガンジーやシフォンのように、透けるものというのは女を美しく、高貴に見せる効果がある。日本の着物も同じ。紗や絽の着物に、衿をつけて着こなしているだけでエレガンス。本当に素敵。通っぽく着こなすには、上布や、縮《ちぢみ》、夏大島、夏結城といったアイテムもある。昔は上布を手に入れようと、何度か沖縄へ通ったものである。

そう、夏に着物を着ると、心もしゃきっとなり背筋も伸びる。街を歩いていても注目度大なので、きちんとふるまわなくてはと緊張するが、これがとてもいいみたいだ。

暑苦しい柄の浴衣着て、茶髪ふくらませてカール垂らすのもいいけど、夏は思いきりアジアンビューティーに徹したいですね。

私、夏の着物にはかなり自信あります。だって着てる人、まるっきりいないんだもん。

ハロー、アゲイン香港！

「今なら夏もののファイナルセールに間に合うよ。それからもう秋ものが出始めてるわ」

という在住の友人から誘われ、やってきました香港。いつもの「買物三人組」。中井美穂ちゃん、そして元アンアンの編集長で、今はフリーのエディターをしているホリキさんだ。ホリキさんに言わせると、この三人のメンバーは、買い出しに行くにはベストだという。なぜなら三人共、同じぐらいの購買力、意欲、好奇心を持ち、同じぐらいの食いしん坊だからだ。

「一緒に行った友人が、あんまり買う気なくて、『私、お金ないしィ……』とか言われ、傍でケイタイうたれると、こっちがすごおく悪いコトしてるような気がするの」

しかしこちらからすると、二人が一緒で最強のベストメンバー。有能な編集者であるホリキさんは、てきぱきと航空券やホテルの手配をしてくれるだけではない。最新の情報と知識で、私のアドバイザーをしてくれるのだ。

「これは〝買い〟よ。日本でまだ売ってないもん」

「これは必要ないでしょ。ハヤシさんには似合わないよ」

と彼女がいろいろ教えてくれるのだ。そして美穂ちゃんは、いわばアイドルの役割。何を着ても似合うし、得意の英語でお店の人ともすぐ仲よくなる。過去二回、三人で香港へ買物に行ったが、楽しい思い出ばかりだ。

香港在住の私の友人も加わり、四人でさっそくショッピング開始。セントラルの真ん中のマンダリン オリエンタルホテルに泊まっているので、すぐ目の前が巨大ショッピングセンターだ。まずはセリーヌで、斜め掛けするショルダーバッグを購入。これはホリキさんがしていて、前から欲しくてたまらなかったものだ。

そして島の向こう側に行こうと、地下鉄のコンコースを歩いている時だ。ホリキさんの足がぴたっと止まった。

「ここが噂の『ツイスト』ねッ」

「土日だと長い行列が出来て、入場制限してるけど、今日は平日だから空いてるわ」

友人が言う。なんでも香港で有名なブランド安売り店だと。

あまり期待せずに入ったのだが驚いた！　今シーズンの靴がずらっと並んでいる。エルメス、シャネルを除いて、たいていのブランドのものがあるではないか。みんな六十パーセント引き。さらに会員になると七十パーセントオフになる。しかも驚いたことに、現品限りと思いきや、この膨大な靴、サイズが揃っていて、店員さんに頼むと奥から持ってきてくれるのだ。36とか37の並んでるやつだと、さんざんみんなが試し履きして、ちょっと……であるが、私のような大足のサイズは、新品が奥から出てくる。まさに私のためにあるような店。六足買っちゃった……。

あまりにも高価なため、ちょっと手が出せなかった、サンゴと小さな貝殻で飾られたプラダのサンダルもここでゲット。

あとお土産にぴったりのポーチやお財布も、ここで買う。それどころか奥に行くと、洋服も少しだけあるじゃないの。ここでフェンディのあっさり白ブラウスもお買上げ。一万円とちょっと。

二時間近くいて、

「もうこれで終わりにしようね」

とレジに行って〆る。が、また歩いていくと、掘り出しものを発見。三回めに並んだらさすがにレジの女の子が笑っていた。

そうしたら私の友人は、

「ハロー、アゲイン」

と声をかける。なるほど、こういう風に言うのかとすっかり感心してしまった。

話は変わるようであるが、この三人組ショッピングで私が学んだことは買物の知識だけではない。美穂ちゃんとホリキさんがあまりにも英語がうまいので、私は自分のことを反省した。そして始めたスピードラーニング。そお、石川遼クンや、米倉涼子ちゃんがやってるアレよ。毎日根気強くやっていたら、香港で英語がすうっと頭に入ってくるような気がするの。

そして店員さんにも、じゃんじゃんサイズや色の注文をし、さすがにくたびれ果てて店を出ようとした時だ。ハンドバッグの山盛りの中から、ひとつのバッグが目に入ったのである。

そこにはセリーヌとかトッズが積んであったのであるが、さすがに流行遅れといおうか、色がイマイチのものばかり。あまり人の手が伸びていない。その中に、黒のボストン型があった。どうということもないデザインで、ブランド品のマークもない。が、革のよさがすぐにわかった。何とも品のいいバッグである。中を開けてみた。クロエのマークが入ってる。

「私って……すごい……」

気取った女優さんなんかが、昔からよく言う言葉。

「私はブランド品に興味ないの。いいなぁと思ってたまたま手にとったものがブランド品なの」

というアレに、いつもケッと思ってたけど、私もついにそういう境地、センスに達したのね……。値段を見た。十二万円が三万円になってる。そしてこれを持ってもう一度レジに。そして大きな声で言った。

「ハロー、アゲイン」

次はゲリラダイエット!?

オリンピック本当に興奮しましたねー。

女性アスリートたちの引き締まった肉体を見ていると、自分のぶよぶよした体が本当にイヤになってくる。

と言っても、種目によっては、

「何もここまで筋肉をつけなくても……」

というのもあるかも。外国の女性選手など、たくまし過ぎてちょっと……、という感じもなきにしもあらずだ。私がいちばん羨ましいのは、体操、新体操の選手の体型ですね。シンクロナイズドもいい。女らしいプロポーションのまま引き締まるところは引き締まっている。

私は競技を見ながら、ダイエット雑誌の付録についていたチューブを使い、必死にストレッチをする。自分で考えたやり方であるが、足首に巻きつけ左右に開く。ジムに置いてある、あのマシーンの再現だ。この後お風呂に入り、ハニークリームをつけてマッサージ。すべすべいいにおい。私ってすごくおいしそう。まっ、自己満足って言われてもい

いの。ボディクリームをつける時って、女が自分の体をものすごく意識する時ですね。私は体の表面積が大きいので、ボディクリームをものすごく使う。いくらあっても足りないぐらい。

お気に入りはドゥ・ラ・メールのボディクリームであるが、これはすごくお高いので、海外旅行に出かける時に免税店で買うことにしている……。などというようなことを話したら、ライターのイマイさんが、他の製品をお土産にくれた。本当にありがとうね。

イマイさんは私の〝ファースト写真集〟『桃栗三年美女三十年』の撮影の際、一緒にドバイ、オマーンへ行った仲だ。この時の五人、テツオ、イマイさん、ヘアメイクのイチカワさん、そしてツアー・アレンジャーのA氏ことカズコ（注・男性）は、あれ以来すっかり仲よくなり、今、一丸となって本を売ってくれている。カズコなど、

「私、マッチ売りの少女よ」

とか言って、新橋の飲み屋で一冊ずつ手売りしてくれているそうだ。

このあいだプロモーションのために、私がワイドショーに出た時は、このメンバーにアンアン編集部の担当ハッチが加わり、六人がテレビ局の楽屋に入った。それにフジテレビの友人二人が加わり、入りきれないぐらいに。こんなにたくさんの人たちが応援してくれて本当にありがとう。でも、テレビの画面に映っている私は、やっぱりデブ。ダイエットしているといっても、やはりテレビじゃ小デブに映ってしまう。

「まだ来月は『徹子の部屋』があるから、それまでには五キロ痩せとけよな」

すっかりマネージャーと化したテツオが私に命じる。この私とて、もっと痩せたいのはヤマヤマであるが、このところおいしいお誘いがぎっしりだ。このあいだは中華料理屋さんで、特別の宴が開かれた。なんと五時間半かけて二十九品目を食べたのだ。どれも味が違っていて、とてもおいしく、私は難なく完食した。タラバ蟹をたっぷり使ったチャーハンはものすごい美味で、隣りでダウンした人の分までたいらげた。デザートのカスタード饅頭は二個食べ、もう立ち上がるのがやっとなくらいだ。飽食の快楽をしみじみ感じさせてくれる大ご馳走であった。

ところで最近、私はアンチエイジングのドクターから、ダイエットに効果的なある錠剤をもらった。それは脂肪分をカットしてくれるものである。

「だけどオナラに気をつけてくださいね」

薬を渡してくれる看護師さんから念を押された。ゆるくなってしまい、ガスをした際に下痢状に爆発してしまうのだそうだ。

「もしもの時のために、生理ナプキンをつけておいてください」

まさか、と思ったけれども、私の友人はこの薬で、本当に悲劇にあったそうである。この人は男性なので、ズボンのお尻に大きなシミをつくり、帰るに帰れなかったそうだ。

他の友人からも、似たような話を聞いた。いつもの調子で思いきりオナラをしたら、ソファーごと汚してしまったとか。

幸いなことに、私はそこまでひどいことはない。ただこの薬を飲んで脂っぽいものを食べると、ものすごくお腹がくだる。であるからして、中華料理を食べる前、私はこの錠剤を飲もうかどうかものすごく迷った。なにしろ食べる量がハンパじゃない。もしかすると大変なことが起こるんじゃないだろうか。

その夜私は、白いワンピースを着ていた。まさかと思うけれども、私の友人たちに起こった大きな災難が頭をよぎる。そんなわけで、私は錠剤を飲むのをやめた。そうしたらどうなったと思います？　ものすごい便秘になり、一週間近く苦しんだのである。そのため体重は、ひと晩で一・五キロ増えたまま減ることはなかった……。

ところで私の知り合いは、先月タイでノロウィルスにかかり、ひと晩で六キロ痩せたそうだ。正真正銘六キロだそうだ。その後すぐ元気になるなら、ぜひとも試したいやり方だ。もちろん筋肉もつけますけど、ダイエットは何でもすべて試したい私なんです。

悔し涙の白ジャケット

夕暮れ時、犬を散歩に連れ出そうとしたら、ハタケヤマが言った。

「ハヤシさん、その格好で外に出るんですか」

「えっ、どうして。いけない？」

その時の私のいでたちは、おととし通販で買った、紺のコットンジャージーのワンピース。確か五千八百円ぐらいだったと記憶している。そりゃ、洗たく機でガシガシ洗ったので、糸クズはついているし、ちょっとよれている。だけどそれがどうだっていうのよ、タカが近所の散歩じゃん。

「だけど、それってかなりシャビーですよ。人が見たらどうしますか」

そういえばと、私は近所でよく会う女優さんのことを思い出す。よく早朝、犬を散歩させているが、いつ見ても完璧なファッション。もちろん場違いなおしゃれをしているわけではない。デニムかチノパンツに、Tシャツやコットンのルーズなブラウスを組み合わせているのだが、帽子や巻き物の小物類のカッコいいことといったら……。コーディネイト

が抜群なのだ。

私はああいう人たちを見ていると、私なんかとは人種が違うなぁ、と考えてしまうのだ。

それは六月の梅雨が明けるか明けないかという、ものすごく暑い日であった。元アンアン編集長で、今はフリーエディターのホリキさんとランチをとることになった。彼女が連れていってくれるお店というのは、いつもハンパじゃなくおしゃれなところ。おいしいこともさることながら、お客さんが素敵なのだ。青山通りを一本入ったその店は、パスタ中心のイタリアン料理であるが、予約しなくてはならないぐらいの人気店だという。来ている人は近くのアパレル関係の人がほとんどだそうだ。

顔がものすごく広いホリキさんは、次々と来る人と挨拶をかわす。ものすごく可愛い女の人だったので、

「今の人、誰？」

と尋ねたところ、

「〇〇のPRの人」

と教えてくれた。誰でも知ってるお洋服のブランドだ。私たちからやや離れたテーブルに彼女は座り、次々と同席の人たちがやってくる。私も知っている人たちだ。一人はファッション誌の元編集長、それからもう一人は、有名なファッション評論家だ。その時、その評論家のお洋服が私は気にかかった。この倒れそうなほど暑い日に、レース地の

コートを着ているではないか。他の客たちは、軽やかにみんなノースリーブを着ているというのに……。

「ねぇ、どうしてコートなんか着ているの」

私は店を出るなりホリキさんに尋ねた。

「あんなおしゃれな人なのに、なんか季節はずれな感じがするけど」

「そうじゃないのよ」

ホリキさんは解説してくれる。

「あれはサマーコートといって、レースで出来てるからそう暑くないはず。それにレースは今、流行でしょ」

「そりゃ、そうかもしれないけど」

はっきり言って、ちょっともっさり見えたのも事実なのだ。

「あのコートは英国風なの。わかる？　今年はオリンピックで、イギリスがキテるから、それでわざと野暮ったく着てるの」

私は驚いた。ファッションのことでこれほどびっくりしたのは、大人になってから初めてといっていい。私があのコートの意味を解けなかっただけで、一緒のテーブルにいたプロたちは、とっくにわかっていたのだろう。おしゃれの上級者というのは、なんて高度なことをやっているんだ！　これじゃまるで暗号ではないか。

それにしても今年の夏は本当に暑かった。そして残暑はいつまでも続いた。八月十六日のこと、私はあるパーティーでスピーチをすることになっていた。

何を着ていこうかなと、一応考える。ちゃんとした会なので、あまりくだけた格好はNG。やっぱりジャケットがいいかも。今年ジル・サンダーで買った白ジャケットと白のタイトは、どこへ着ていっても誉められる。あれにチャコールグレイのタンクトップを合わせるとしても、やっぱり夏っぽいかなァ……。

そお、私も次第にわかってきたことがある。おしゃれな人は季節を先取りにする。十六日だったら、それとなく秋の気配を感じさせなくてはいけないのだ。

だったらセリーヌの紺色のワンピースにしようかな。いいえ、ダメだわ、ノースリーブなので二の腕を皆に見られてしまう。

その日私は、友人とランチをする約束があったので、午後の十二時に家を出た。暑い、なんてもんじゃない。太陽が容赦なくじりじり照りつける。ちょっと迷ったけど、白ジャケとスカートにした。いったん帰るつもりだったのに、そのままネイルサロンへ寄り、夜の会場へ。

そして私はどれほど自分を悔いただろう。女性の多くは、もう秋色の服を着ていたのだ。中には黒タイツの人だっていた。もう涙が出るくらい口惜しい！

私だってわかってたのよ、私だって。でもあの太陽がいけない。教訓。着替えられたら着替えよう。陽と空気は一時間ごとに変わる。

骨が大事！

元アンアンの編集長で、今はフリーのエディターとなっているホリキさんと、一緒にお芝居に行くことにした。待ち合わせは新宿のシアター。その後はパーク ハイアットへ行き、お茶をすることになっている。

こういうおしゃれな同性と会う時って、本当に緊張しますね。何を着ていこうかナーと私はあれこれ考える。

ホリキさんは私とそう年齢は違わないのであるが、ロックテイストのファッションが出来る。ライダースジャケットとレギンスの組み合わせに、クロムハーツのアクセをじゃらじゃらなんていうのがやたら似合うのだ。すごいなーといつも感心するのは、スカルを品よく取り入れていること。

このあいだ一緒に、香港に買物ツアーに出かけたところ、スカルのTシャツやスカーフの前で必ず立ち止まる。

「スカルは、わが家の家紋なのよ」

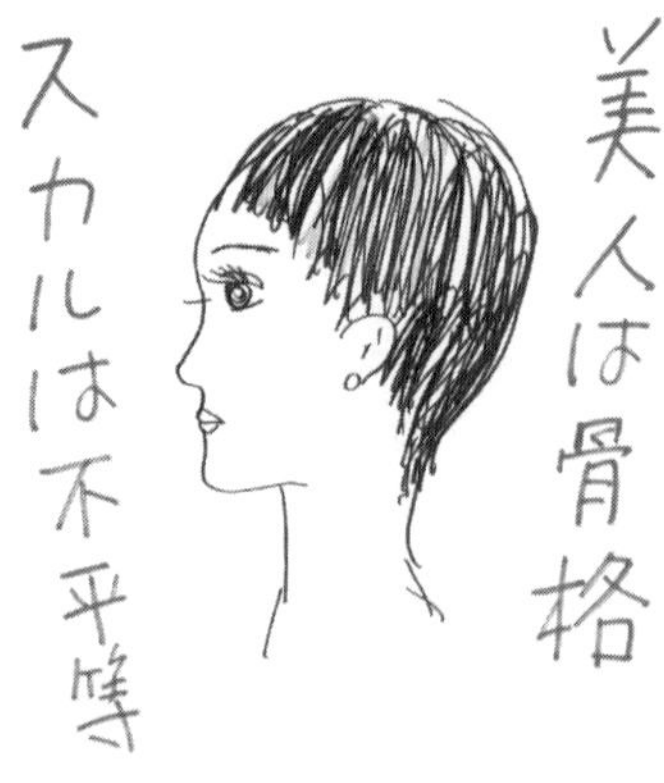

笑ってしまった。そんなわけで、私もスカルもんを買う時は、

「ホリキさーん、私もおたくの家紋を使わせてもらっていいですかー」

と声をかけたものだ。

というものの、ホリキさんの選ぶスカルには鉄則がある。決して安い生地のものではないということだ。しかるべき素材を使い、しかるべき値段のものに限られている。

私たちは日本に帰るという日、飛行機に乗る時間ぎりぎりまで買いまくっていた。

「もう思い残すことはないようにしよう」

が合い言葉。それで私はちょっと迷っていたランバンのスエードの赤い靴（めちゃくちゃ可愛い）を、セレクトショップまで買いに行った。そしてやはり迷っていたアレキサンダー・マックイーンのスカーフもお買い上げ。これはスカルの模様だ。

このスカーフ、ずっと包装されたまま、一ヶ月半私のクローゼットで眠っていた。が、ホリキさんとの待ち合わせの日、私は首にかけてみた。彼女と会うなら、このくらい流行っぽくしなきゃ、と思ったのだ。

Tシャツにストレートのデニム、そして白ジャケットに、このシフォンのスカーフをたらし、自分ではイケてると思ったのであるが、秘書のハタケヤマは、

「ハヤシさん、ヘンな若づくりのその格好、やめた方がいいですよ」

と言う。

「そのジーパン（彼女はこういう言い方である）も、格好悪いし」

「わかる?」

やっぱり通販で買ったストレッチじゃまずかったかも。そんなわけで、無難な格好に着替えましたよ。

そして待ち合わせ場所に行ったら驚いた。ホリキさん、私とお揃いのマックイーンのスカーフをしているではないか。ノースリーブの黒革のワンピースに、それはとてもよく似合っていた。やはり家紋だけのことはある。私にはやはりまだスカルは着こなせないとつくづく思った。

ところで、雑誌を読んでいたら、若く綺麗な女性作家のエッセイがのっていた。彼女はこう言う。

「美人とは何かと問われたら、私は骨格と答えよう」

なるほど、と思わず膝をうった私。ついこのあいだも、テツオとこんな会話をかわしたのだ。

「ねぇ、テッちゃん。美人って何だろうかね。パーツかなァ。パーツのそれぞれがキレイってことかなァ。でも違うような気もするしな……」

目も大きくて、唇の形もいい。しかしイマヒトツ、という女の子を何人も見ているからだ。が、このエッセイで目からウロコ、

「そうかァ、骨格かァ……」

私はかねがね、美人はプロフィールが違うと思っていた。後頭部が張り出していると、

前の部分も綺麗なカーブを描く。額が前に出て目元がひっ込み、その反動のように鼻が前に出る。そしてまたその勢いで顎も出る。美人と言われる人は、確かにこの曲線が素晴らしい。そしてこの曲線があれば、多少目が小さかろうと、唇が厚かろうと、おさまりのいい整った顔になっているのだ。

ところで話は変わるようであるが、私はこのところ、山椒大夫と化したテツオにこき使われている。そお、初めての写真集『桃栗三年美女三十年』のプロモーションのためだ(買ってくれた⁉)。

「もっとテレビに出ろ。サイン会しろ。ＰＯＰ描け」

とすごい働かされている。このあいだもあるトーク番組に出していただいた。そこに昔の私の写真が出たのであるが、びっくり！　倒れそうになるぐらいヒドイのである。そしてそれから七年後の私の写真が出てきた。ずっとスッキリしていて、まぁ自分で言うのもナンであるがそこそこキレイ。何をしたかおわかりであろう。整形手術をしたわけではない。三年間かけて歯の矯正をし、前に出ていた口全体をぐっと奥にひっ込めた結果だ。つまり生まれつき「下の下」ランクのスカルを、その後の努力で「中の下」にしたわけだ。

このきっかけは、二十年前のテツオの一言、

「あんたは目は大きいけど、顔の下半分がブス」

という言葉によるもの。よって今でもテツオに頭が上がらないワケ。

国際恋愛のススメ

小説の取材で、ある女性をずっと追っていたと思っていただきたい。恋の遍歴など、プライベートなこともいろいろお聞きしていた。

この方は恋多き女性で、外国人の男性と結婚していたこともある。

「日本人より白人の男性の方が、セックスに関しては、はるかにいい」

とはっきりとおっしゃったのだが、私はどういう風にいいのか、ということを聞きそこねた。聞きそこねた、というよりも、恥ずかしくてとても聞けなかった、というのが正しい。そうしたら編集者が、

「私の方から事務的に尋ねてみましょうか」

と提案してくれた。相手は、とてもさばさばしているので、その方がいいと言うのだ。

そして何日もしないうちにメールが送られてきた。文学的表現で、白人男性とのセックスが描写されている。それはいいとして、私がびっくりしたのは、同時に送られてきた女性編集者の質問内容だ。

「林さんは外国人男性との経験がないので、それに関していろいろ知りたいそうです」

こんなミもフタもない言い方ってひどいじゃん。

確かに私はありません。今思うに、若い時に外国人、有名人、スポーツ選手と一人ぐらいつき合ってみたかったと思うけど、女の甲斐性がないので仕方ない。以前野球選手との恋愛小説を書いていた時、肉体の描写がまるで出来なくて困ったことがある。昔プロ野球選手だった方に、ご飯を食べながら取材していた最中、

「たいていの選手はね、腹の筋肉が六つに割れてるんですよ」

と説明され、

「へぇー、そうですか」

と答えたところ、

「えっ、ハヤシさんって野球選手とシタことないの」

と馬鹿にされた。そう言われても、スポーツ選手のようにオスの本能が強い人たちは、絶対に美しいメスしか選ばない（たまに例外はありますが）。私などもともと無理だと思っているので近づいたこともなかったし、知り合うチャンスもなかった。

それよりも今、つくづく残念なのは、外国人の方とおつき合いしなかったことですね。友人で国際結婚した人たちというのは、総じて劇的な恋愛をしている。そういうのって、ものすごく羨ましい。

私の知り合いは、アメリカ人の彼との結婚を親に反対され、泣く泣く日本に帰ってき

た。そうしたら彼がすぐ日本にとんできてくれて、成田空港で抱き合って号泣したそうだ。ある人はフランス語が出来ないのに、フランス人から熱烈にプロポーズされた。彼はやたらハートとひざまずく男の絵を書きまくってすごかったらしい。

そう言えば、少女の頃私の夢は、フランス人と結婚して、美しいハーフの娘を産むことだったわ……。

ところで昨日のこと、ある出版社で恒例の勉強会が行われた。勉強会というのは、歴史小説を書く私のために、大学の教授とそのお弟子さんたちがいろいろレクチャーしてくれることだ。先月の勉強会の際、

「フランス人で、幕末の宣教師について研究している若い学者がいるので、今度話をしてもらいましょう」

と教授は言い、そして連れてきてくれたのだ。

その時、私と四人の女性編集者はぺちゃくちゃ打ち合わせをしていたのであるが、一同一瞬黙り込み、自然と立ち上がった。なぜなら、そのフランス人がものすごいハンサムだったからである。イケメンなんて言葉、軽く思える、まるで映画俳優のような容貌なのだ。しかも日本語がペラペラだ。

「私って、レジオン・ドヌール勲章もらってんのよ」

と、まず一発かませたところ、

「へぇーそれはすごいですね」

と驚いていた。ほほ……。

彼は幕末史を研究しているが、知れば知るほど日本の歴史が面白くてたまらない。日本のことは大好きで、出来たらずっと暮らしていきたいんだそうだ。

ここまで聞いたら、私はピンときた。

「あなたって、日本人の恋人いるでしょ」

「はい、いまーす」

彼女はそうでもないが、なんでも彼女のお母さんが私のことをよく知っているそうだ。なんかヤな感じ。そのうえこの後、夕飯をみなで食べるけど、ご一緒にいかが、と誘ったところ、

「彼女と約束があるので」

とさっさと帰ってしまった。

私は彼の恋人はまるで知らないけれど、外国人のいいところは、そんな美人でなくてもオッケーという人がいることだ。いや、彼らの基準では美人かもしれないが、ちょっとビミョウな人が多い。そこがスポーツ選手や有名人と違うところ。ふつうレベルの女の子でもドラマチックな恋愛をさせてくれる。お勧めです。

出ておいで、おシャネル

写真集のプロモーションのため、この頃わりとテレビに出ている私。そしてマネージャーと化したテツオは、私にガミガミ言う。

「もっと服ねえのかよ。もっと服を買えってんだ」

私だってテレビ出演のために、ちゃんとお洋服買ってる。その前は写真集撮影のために大量に買った。もう印税分は完全に使ってる。しかしテツオはさらにこう言う。

「アンタはセンスが今ひとつだしな。よし、またヒラサワに頼もう」

スタイリストのマサエちゃんのことだ。昔からよくめんどうをみてくれていたマサエちゃんは、洋服を借りてくるのではなく（多分私のサイズがないため）、私の洋服を見て組み合わせてくれたり、買物に一緒に行ってくれ、

「これとこれ、これを着ましょう」

と決めてくれるのだ。私はさっそく最近買った秋の洋服を見せた。ベージュと白黒の格子柄ジャケット。マサエちゃんはふーむとうなる。

「ハヤシさん、テレビの時はもっと明るい色を着ましょう。あのピンクのシャネルスーツどうですか」

スタイリストというのは本当にすごいものだと思う。七、八年前に私が買ったスーツを憶えていたのである。しかもてきぱきと、

「ハヤシさん、アクセサリーは、このシャネルのじゃらじゃらネックレス、可愛いけどやめましょう。ピンマイクが、音を拾っちゃいます。こっちのパールのネックレスの方がいいと思いますよ」

そうして白のシルクのブラウスと組み合わせたら、上品で可愛いと評判であった。

そして今日、テツオから電話があった。

「もっとシャネルないのか、シャネル」

「昔はもうちょっとあったけど、今は紺と黒のジャケットぐらいしかないなァ」

「それを着て写メして、オレんとこ送ってくれよ。ヒラサワに考えてもらうからさ」

ということで、これまた久しぶりに引っぱり出したシャネルを着たところ、なんともいい感じなのである。

「やっぱりシャネルっていいわー」

鏡を見てつくづく思う。しかしお値段があまりにもすごすぎる。

香港やハワイにショッピングに出かけ、他のショップは、まあちょっと買ってみようかなァと考えることはあっても、シャネルは眺めるだけ。なぜってあまりにも高いからだ。

ジャケットだけでも七、八十万する。いつも思う。

「これって、いったい誰が買うのかしら」

中国本土から来た若い女の子が買っているのを見たことがある。が、わからないのは日本のお客。なぜならシャネルは甘くラブリーで、若い女が好みそうなデザインだ。しかし若い女には絶対買えない値段である。バブルの頃、パトロンを見つけた女の子たちが着ていたこともあったが、あんなの長続きしない。私のまわりでもバッグは持っていても、シャネルを着ている女性をほとんど見たことがない。ところが昨日、ある集まりに行ったら、渡辺プロダクションの渡邊美佐会長が、シャネルをお召しであった。それが素敵なの、何のって。本当に見惚れてしまった。

十年以上前のこと、ユーミン主催のパーティーに行った時、ユーミンが美佐さんを紹介する際、

「私の心の女王」

と言ったものだ。私はまだその頃美佐さんと親しくさせていただくこともなく、日本のショービジネスの先駆者で、すごくえらい女の人、というイメージしかなかったが、このところご一緒させていただく機会が増えると、そのカッコよさにため息が出る。もうお年ではあるものの、おしゃれで綺麗。そして美しいというだけでなく全身オーラにあふれている。

その日のいでたちは、黒のツイードのシャネルジャケットに、下はプリントのワンピー

ス、そして首にはふんわりとシフォンのスカーフを巻いている。すべてシャネルなのであるが、モノトーンでまとめているため、すっきり上品だ。
「その麻混の黒いジャケット、ものすごく素敵です」

私が力を込めて言ったら、美佐会長はおほほと笑って、

「すごーく昔のものよ。確かアメリカで買ったんじゃなかったかしら」

シャネルはこういう大人の洗練された女性のためにあるのだと実感。

そして美佐さんに啓発された私は、テツオから言われたジャケットを取りに行くついでに、チョロランマこと私のクローゼットに探検に入った。そお、私はその昔、パリのシャネル本店で、オートクチュールのスーツをつくったことがあるのだ。仮縫いにまたパリに行かなきゃいけなかったので、大変だった。その分も入れてものすごく高いおシャネル。

そして捜索の結果、ついに発見。しかし歳月は悲しい。肩パッドが大き過ぎるうえに、ボタンがどこかに消えている。私みたいなだらしない女に、オーダーされたシャネルスーツってかわいそ過ぎるかも。

男って本当に…

半年前にこのページの新担当者になったのは、三十九歳の独身男性である。私は苗字をもじって、〝独り身ハッチ〟と名づけている。

見た目もアメリカンコミックに出てくる男の子のようでそう悪くない。性格もいい。それなのに……。

「もしかすると、女子が好きではないのかも……」

とあらぬ想像をしたこともあるが、元カノの話をしたりするので、そうでもないようだ。

私のヘアメイクをやってくれているイチカワさんと、このあいだ一緒に飲んだらしい。

彼女は三十四歳、モデルになれるぐらいの美人であるが、やはり未婚である。

「ハッチはどう？　すごくいい人だよ」

と、いつものお節介ひっつけおばさんをしたところ、

「でも、ハッチって、女子アナマニアなんですよ」

とイチカワさんはイヤな顔をする。

「話が女子アナになると、目の色を変えるんだから」

そんな風にも見えないが、私はさっそく試してみることにした。

「ハッチって、女子アナは誰が好き？」

と尋ねたところ、

「そりゃあ、フジの○○さんですよ。ダントツです。あとTBSの△△さんもいいっすねー」

本当に別人かと思うくらい、顔がいきいきしてきたのである。いつもはもの静かな青年なのに、とたんに饒舌《じょうぜつ》になって驚いた。

「フジの○○か。いいねぇ……」

そこにオヤジのテツオが口を出す。こちらは五十代の年季の入った独身だ。このところ私の本（そお、アレですよ！）のプロモーションのため、三人でテレビ局をまわることが多い。その間、テツオはすっかりハッチを手なずけているのである。

「あの○○って、色っぽくて、可愛くて、気が強そうなとこが最高だよなー」

二人でうっとり。私はむっとしてこんな話をした。

「私さ、このあいだバラエティ見ていて、本当に腹が立ったよ。三人の若い女子アナが、廊下に男を呼び出すワケ。営業とかADとか、技術さんとか、まぁそういうスタッフよ。そして〝××さんのこと、前からタイプなんです。つき合ってください〟とか言うわけ。するとたいていの男はメロメロになってさー、〝マジ〜〜？〟とか言うわけ。そこでドッキリってバラすんだよ」

あれは女として正視出来なかった。あれを見て笑った女が何人いたであろうか。まず女子アナは、

「彼女いるんですか」

と尋ねる。すると相手は、

「いるにはいるけど、今、遠距離だからビミョウで……」

などとモゴモゴ言い始める。そして、

「まぁ、別れてもいいかなァ、と思ってたとこで……」

とか平気で口にする。サイテー。みんな顔がデレデレゆがんで醜いったらありゃしない。ひどいなァと思うのは、若いADという比較的力の弱い立場の人をもてあそんでいること。

「マジっすか……。本当に女子アナとつき合えるんすか。そんな……僕なんか……」

なんてポーっとしている若者をたぶらかすなんてひどい。

「いくら会社から、やれって言われたとしても、ああいうことを何ら悪びれずにやる女子アナって、それでもいいワケ？　それでもあんたたちはつき合いたいのね」

と私が質問したところ、二人は、

「そんなの関係ないじゃん」

ということであった……。

昔はスッチーマニアというのがいた。JALやANAのスッチー（当時CAとは言わなかった）が恋人なのをことさらに自慢している男たちは、女にかなり軽蔑されたものだ。

女の好みがあまりにも単純でわかりやすい。今はそれよりももっとすごいのが女子アナマニアであろうか。週刊誌も特集を組むぐらい。これってオヤジの証拠である。

ところでおとといのこと、三人で某テレビ局に行った。朝の情報番組に出るためだ。今や完璧に私のマネージャーと化したテツオ。ハッチは現場マネージャーというところであろうか。私は二人のことを本当に有難いと思い、近々お鮨でもご馳走しようと計画していた。が、私のそんな厚意を無にするような出来ごとが。テレビ局から帰ろうとすると、キレイな若い女性が近づいてきた。

「あの私、大学生の頃からハヤシさんの大ファンだったんです。タイ〝チバソム〟の、ファンの集いにも応募したんですけど、落ちちゃって」

「まぁ、ありがとうございます」

こんな頭のよさそうな素敵な女性がそう言ってくれるのは本当に嬉しい。名刺をくれた。ここの局のディレクターだ。

「私、深夜の□□□□って番組やってます」

「え、あの女子アナがいっぱい出てくるやつ⁉」

二人の顔つきがさっと変わったではないか。大急ぎで名刺交換をする。そして、

「今度一緒に飲みましょう」

なんて言ってコンタンみえみえである。彼らがいつもテレビ局についてきてくれる理由がやっとわかった私であった。

無かったことにして

朝、犬を散歩させていたら、向こうから美人が歩いてきた。美人かどうかというのは、遠くからでもすぐわかる。すごく顔が小さくてプロポーションがいいのだ。顔が小さいからプロポーションがいいのか。プロポーションがいいから顔が小さいのか。とにかく顔はデカいが脚が長い、という人を私は見たことはない。

少し前の回で私は、

「美人は骨格である」

という至言を紹介したが、これは全体の骨についても言えるのではないだろうか。今の世の中、顔が小さければどうにでもなる。本当になる。ためしに街を行く女の子に、

「顔はイマイチだけど、ものすごい小顔」

「顔はマアマアだけど、ものすごいデカ顔」

どちらを選ぶ、と聞いたらほぼ全員が前者だろう。小顔ならメイクでどうにでもなる。

モデルも売れている人など、ふつうの美人ではない。ものすごい長身、ものすごい小顔、ちょっとビミョウ、というのが一流モデルの条件だ。

思い起こせばデカ顔のために、私はどれほど苦労したであろうか。中・高の時はまだよかった。田舎の子どもでそれほど顔の小さい人はまだあまりいなかったからだ。

しかし大学生となり、都会のかわいい人と写真を撮るようになって、

「あれっ」

と気づくようになった。私だけがえらくデカいのである。

それからは「遠近法」を考え、写真を撮られる時は常に半歩退くようにした。いつだったか、みなでご飯を食べている時、売れっ子のモデルさんと顔をくっつけて写メした。後で愕然とした。誇張ではなく彼女の二倍の大きさだったからである。

半歩退くだけではない。私はフラットシューズが大好きなのであるが、公の席では履かないようにしている。なぜならヒールを履いて脚を長くしないと、顔がやたら大きくなりバランスが悪くなるからだ。そお、デニムにフラットシューズなんて、顔が並の大きさの人だけに許されるカジュアルですよ。

マッサージだって一生懸命にした。ダイエットだって生まれてこのかたずっとしている。しかしいくら痩せても顔の大きさは変わらない。そお、顔がデカいと、頭もデカいんですよ。流行りの帽子なんかかぶったことがない。夏に仕方なく陽ざし防止用のを買いに行っても、たいていのものが後頭部でつっかえる恥ずかしさ。

ところでみなさんは女性コミック誌「Ｋｉｓｓ」をお読みであろうか。ここにずっと連載されている、こやまゆかり先生の「バラ色の聖戦」は、名作中の名作である。漫画でこれほど心が震えるほどの感動をおぼえたのは「ベルサイユのばら」以来だ。これは素晴らしい女の自立の物語でもある。

二人の子どもを持つ真琴は、ふつうのサラリーマンの奥さん。専業主婦で三十代という設定だ。が、ある日夫が浮気をし、彼女は心のもやもやを晴らすためモデル事務所の扉を叩く。

「あんたみたいなおばさん、用はないわよ」

と最初は邪慳《じゃけん》にされるのであるが、結局は彼女の一枚の写真が高く評価される。そお、主人公は確かにふつうの主婦なのであるが、ものすごく背が高くて顔が小さい、という設定なのである。

最新号では、夫とも離婚し、

「もうこの世界でやっていくしかない」

と決意した真琴がＣＭ出演のためにヌードになるシーンがある。

必死で加圧トレーニングをし、エステでセルライトをつぶした真琴の姿には泣けます。本当に面白い。

が、三十代の女性が、これほど活躍出来るのも顔が小さいからであろうと、ついひがむ私。私のように顔がデカかったら、モデル事務所も相手にしてくれなかったに違いない……。

そう、またまた話は変わるようであるが、今、イラストライター南伸坊さんの本が話題だ。顔面模写というやつですね。

この南さんのことを知ったのは、もうかなり昔のことになる。

「顔がオムスビ型の人がいるんだよ」

と友人に紹介されたのだ。会ってみたら本当にオムスビの三角形なので驚いた。頭までゴマ塩にしていた。

この方がメイクと衣装、そして表情で有名人に扮するのであるが、本当にどれもそっくりで笑いころげてしまう。石川遼君なんか、まるで骨格が違うはずなのに本当に似ている。傑作なのは作家の伊集院静さんであろう。眼鏡をかけて上目遣いになっている写真を最初見た時、私はご本人だと思った。伊集院さん自身もそう思ったというからすごい。

が、南さんのえらいところは、浅田真央ちゃんにも平気でなりきってしまうところだ。ご存知のように、真央ちゃんは小顔の代表みたいな女の子である。

すると南さん、どうしたと思います？　ご自身のほっぺにラインをひき、余計な部分は斜めの線でつぶした。

「これは無いことに」

という合図らしい。これが出来たらどんなにいいかしらと、今日も買ってきたばかりのシェーディングのパウダーをつける私。

たくさんテレビ出てます！

この頃、被服費がはね上がっている。

理由はわかっている。テレビに出る回数が増えたからだ。

私の場合は芸能人と違い、お洋服を借りることはない。ぜーんぶ自前である。よって三回テレビ出演があると、三パターン買わなきゃいけなくなる。まあ、お買物は私の最大のレジャーであるから決してイヤでやっているわけではないのだが、それにしても高い。秋冬ものはもともと値が張るものなので、ワンピースやジャケットを買うと、びっくりするような額になってしまう。

が、着てどうにかなるか！　というと、そういうわけでもない。可愛いものを着ていくと皆に誉められる。

「そのワンピース、素敵ね」

別に私が素敵なわけじゃないワケね……。

とひがんでしまうのは、美女をいっぺんに大量に見たせいだ。

そう、ＳＭＡＰのコンサートに行ったら、招待席に人気女優さんたちがズラリ並んでた。その美しいことといったらない。暗闇の中でもオーラをはなっている。言っちゃナンだけど、客席のふつうの女性とはまるっきり違っている。本当に違う。

美女の中の美女、女優というのはこれほどすごいものかとつくづく思った私である。

あー、言っても空しいことであるが、美女に生まれたかった。いったい全体、どこで道を誤ったんだろうか。いや誤ってないか。生まれつきこうだったしな。親を恨むしかないのか。いや、すごく綺麗な女優さんやタレントさんの親を見ていて、「アレー?」と思うこともある。遺伝の問題ではない。それに信じてくれないかもしれないが、私の父親はかなりの美男子であった。若い頃の写真を見ると、まるで俳優みたいだ。が、遺伝子はうまく私に伝わらなかったようなのである。

こうなったら〝お直し〟しかないのか。

私のまわりでも〝お直し〟をした人はたくさんいる。かなり露骨にして、誰だかわからないことも多い。

このあいだはパーティーで声をかけられたが、全く見当がつかなかった。

「○○です。お久しぶりです」

えー、○○さんってこんなにキレイな人だっけ、と考えて人に言うと、

「やーだー、ここんとこ何回も〝お直し〟してるんじゃん」

と教えられ、そうかと納得する。私は以前〝お直し〟に反対であったが、若いコだったらそれもいいかナ、と考えるようになった。私のように年いってから、リフティングだの

何だのといじるととても不自然になるが、若いうちに目や鼻をいじっても、歳月が完全に自分と同化してくれるはずだ。

この私とて、四年近くかけて歯の矯正をしたことなんか全く忘れている。ゆえにテレビ出演の際、昔の映像を見せられると、

「このデブのブス誰？　わ、ものすごく口元がだらしないわー。やーねー」

と他人のように思うわけだ。お直しした人もきっとそうだろう。オリジナルの顔なんて遠い日の誰かの顔。今の顔こそ本当のものなんだ。そう、美顔はすぐに慣れるものなのである。

さて、おととい、某トーク番組をもって、私たちの、

「初めての写真集を売る」

大プロモーション計画は終了した。収録が終わったのは夜の九時だったが、私たちはささやかなお疲れ会をすることにした。私は西麻布のイタリアンをご馳走しようとしたのだが、皆は代々木上原の居酒屋でいいという。車をとばして行ってまずはビールで乾杯。テツオにアンアン担当の〝独り身ハッチ〟、そしてライターのイマイさんだ。

いろいろテレビ局に交渉してくれ、出演をとりつけてくれたテツオ、本当にありがとう。いつも現場マネージャー代わりにつき添ってくれたハッチにも感謝。女子アナ愛好者ということが判明したがそれでもありがとね。写真集をつくってくれたイマイさんも、その後も本当によくしてくれて、心から感謝。おかげさまで重版が決まった。写真集では珍

しいことだそうだ。が、同じ頃出した他社のエッセイは、テレビ効果か五刷までいき、「漁夫の利」とテツオは思っている。

「だけど久しぶりにテレビに出たら、案外楽しかったよ」

と私。

「これからもいい番組には出させてもらおうかな。今の若い人、私のこと知らない人多いし」

「そうだよなー。昔はハヤシさん、そこらのタレント以上に出てたもんなー」

とテツオも懐かし気に言う。そうあの頃、CM四本、テレビの司会は二つしていたのである。が、あちこちで叩かれてやめたのは、今から二十年も前のこと。

「だけど今度のことでテレビの出演依頼いろんなところから来てるしさ。そうそう、新しくなった『料理の鉄人』の審査員も頼まれちゃった」

「えっ、すごいじゃん」と皆驚く。

「でももう洋服買うお金ないから、着物で出ることにしたよ。それから暮れには、久しぶりに舞台に立つのよ。盛岡文士劇でオペラのアリア歌うの」

「あんたって極端なんだよナ……」

とテツオは呆れたようにため息をつく。

許せない

フジテレビの新ドラマ「結婚しない」面白いですね。ところで編集者の中には時々美形の方がいる。何年かおきに出現する。今度私の担当になったA子さんは、ものすごい美人でびっくりした。しかもおしゃれでセンスがいい。会うたびに流行の素敵なお洋服を着ている。こういう人、マガジンハウスだと珍しくないが、お堅い出版社の文芸担当ではちょっといないかも。人の話によると、二度と同じものを着ていないそうだ。

そして頭がいいのはもちろんであるが、性格もとてもよい。が、三十代で独身だというので、おせっかいおばさんの私としては、あれこれ思いをめぐらすのである。

そんな時、仲よしの学者さんと電話で話をしていた。

「今度、先生と京都でゆっくり会いたいな。いろいろレクチャーしてもらいたいこともあるし」

「だったら俳優の○○を呼びませんか。彼、今こっちで映画を撮ってるんですよ」

「えー、行く、行く！　絶対に行く」

その俳優さんというのは、人気のものすごいイケメンと思っていただきたい。

「センセイ、あの人と仲がいいの？」

「そうなんですよ。映画の監修したことあって。彼はね、いつも僕に言うんですよ。もう三十過ぎてるから早く結婚したい。誰かいい人いませんかって」

「いる、いる、いる」

叫ぶ私。

「私の担当で、すごい美人でいいコがいるのよ。私、彼女を誘おうかな。一緒にご飯食べましょうよ」

ということで、A子さんに電話したところ、

「えー、そんな夢のような話があるんですか。私、あの人の大ファンなんですよ」

大喜びである。そして来月頃、皆のスケジュールを調整しようということになった。

ここでB子さんが登場する。昔からずっと仲よくしている編集者だ。彼女は本心から結婚したがっているのに、なかなかうまくいかず、何年か前に四十代に突入してしまった。

彼女はしみじみと言う。

「ハヤシさん、私のトシだと、結婚相談所のツヴァイに入れないみたい。茜会じゃなきゃダメみたいなんですよ」

「茜会」というのは、中高年専用の結婚相談所である。彼女はカワイイし、実に魅力的な女性なのであるが、ちょっと性格が面白過ぎるかもしれない。B子さんはこの頃、いじらしいことを言う。

「再婚で子どもさんがいる人でもオーケーですよ。私、この頃宮大工さんと結婚したいなぁって思うんです。〝宮〟がつくとこがイヤらしいけど、私、ひとつのことに打ち込む男の人が大好きなんです」

うーん、宮大工さんねぇ……。私は彼女のために、最近数寄屋づくりの家を建てた友だちに頼んで、宮大工さんを紹介してもらおうと思ったぐらいだ。

「ところでさ……」

私はさりげなくA子さんのことをちらっと聞いてみた。A子さんとB子さんとは同じ会社である。

「A子さんってすっごくキレイだけど、あの人恋人いるのかしら」

するとB子さんは言った。

「えーっ、A子さんって結婚してますよ」

「嘘でしょ」

「だけどよく会社でのろけてますよ」

「私、そんなこと聞いてないよ。私には独身だって言ってたけど」

次の日、私はおそるおそるケイタイで聞いてみた。

「あの……A子さんって、結婚してるってホント？」

「えー、そんな……」

しばらくしてから彼女は言った。

「私、昔ちょっと短い間だけ結婚してたことあるんです。だけど今は正真正銘独身です」

そういえば、バツイチだって聞いたことがあるかもしれない。

「だから私、傷モノなんですよ……」

「そんなことないわよッ」

あわてる私。

「今どきバツイチでも子どもなかったら、それはずっと独身と同じことよね。だから大丈夫よ」

そして友人の学者さんに、このことを話したが、先方も気にしないということで計画は続行。そして私はB子さんに、

「A子さん、結婚してないってよ。昔はしてたらしいけど」

と告げたところ、彼女は何かを察したらしい。

「許せないっ！　籍入れてないかもしれないけど、結婚してるくせに、いい話があったら、乗り替えようっていうコンタン、私、大っ嫌いですよ。彼女みたいな美人が、この世のおいしいところをみんなかっさらおうとしているんですよ。ハヤシさんはそれに加担するんですかッ」

まあまあ、とあわてる私。B子さんはちょうど私のサイン会につき添ってくれていたので、書店店長さん（三十五歳独身）を紹介したところ、彼女は「まァ……」と相好を崩した。

「イケメンの店長さん……私、本を扱っている人大好きなんです。私、書店員さんと結婚したらきっとうまくいくと思う」

本当に可愛い性格のB子さん。私は宮大工さんを探してあげようと心に決めた。

みんな、嘘つき！

「ハヤシさん、この頃本当によくテレビに出てるね」

と多くの方から言われた。そお、写真集のプロモーションのため、テツオに命令され、トーク番組四本にゲストとして出たことは既にお話ししたと思う。

そのほとんどは生放送だったので、自分では見られなかった。しかしみんなが、

「ハヤシさん、すごくキレイに映ってたわよ」

「お洋服もかわいかったわよー」

と誉めてくれたので、きっとそうだろうと信じていたバカな私。

ところが最後に出たトーク番組「サワコの朝」を見て、本当にがっかりしてしまった。というよりも、悲しくって涙が出そう。

ご存知のように、阿川佐和子さんは小柄でとても可愛い方である。その横に立つと、私はどう見てもデブの大女ではないか。なんか単位が違うっていう感じ。顔がデカい。

しかも正面からでなく、横から写されるので、目がしょぼしょぼして見える。横顔がよ

くないのと、顎の弛みもバッチリ。

「なあに、このブスっぷり！」

私はもう誰も信じられなくなった。みんな嘘つきばっかじゃん。この番組でさえ、

「すっごくキレイだったわよ」

というメールがいっぱい来て、

「私のまわりはみんな嘘つきだ」

という人間不信に陥ったのである。このままだとウツになりそうなぐらい落ち込んだワ。

それなのにアホな私は、おとといもテレビの仕事を入れてしまった。これはプロモーションがらみのお仕事ではない。自分で考えて返事をした出演である。放送作家の小山薫堂さんから電話があり、

「新番組『アイアンシェフ』の審議委員やらない？」

という言葉にふたつ返事で頷いてしまったのである。なぜかというと、「アイアンシェフ」の前の番組「料理の鉄人」が大好きだったということ、そしておいしいものが食べられるに違いないという口いやしい気持ちによるものである。審議委員は、他に秋元康さんなどがいて、何度かに一度は審査員もするという。

「ラッキー！　名だたるシェフの料理が食べられるんだ」

と私は密かに喜んだ。

そして収録の日がやってきた。土曜日、場所はフジテレビ湾岸スタジオだという。私は隣りの奥さんと二人で一緒に出かけた。なぜ隣りの奥さんについてきてもらったかというと、他に誰もいないからである。

このところ〝作家〟といっても、テレビによく出る人は、プロダクションに入っている。そしてマネージャーや付き人がついてくる。私にそんな人がいるわけもない。秘書のハタケヤマは、事務所から一歩も出ないことで有名だ。もちろん大人ですから、どこへでも一人で行きますが、テレビの場合は誰かにバッグをちょっと持っていたりしてほしいワケ。

女子アナマニアの、アンアン編集部の独り身ハッチが、

「よかったらついていきますよ」

と言ってくれたが、土曜日に私用で編集者をこき使うわけにはいかない。そんなわけで、仲よしの隣りの奥さんに頼んだのだ。

「えー、フジテレビに行けるなんてうれしい、私、司会の玉木宏さんの大ファンなんです」

と彼女は大喜びである。

私は前もっていきつけのサロンへ行き、髪とメイクをしてもらった。そして着物の一式を持って隣りの奥さんと車に乗った。おそらく「アイアンシェフ」のキッチンスタジアムは、すっごい派手だろうな。だったらそれに負けない衣装をと考えたら、着物にいきついたのである。

そお、いつもこぼしてるが、私はすべて私服なのでものすごくお金がかかるんですよ。

このたびのテレビプロモーションのため、お洋服をどっちゃり買った。カードの限度額越えるまで買った。が、それらは、ワンピやブラウス、ニットカーディガンで、今日のイメージとはちょっと違うか。

はたしてスタジオに行ったら、ど肝を抜かれた。龍宮城のような、「トゥーランドット」の舞台装置のような、素晴らしく派手なセットだったからである。

「これってものすごくお金がかかってるよね」

とみんな感心していた。

着物にして本当によかったと思った。しかし自分では着られない私。フジテレビの衣装部の人に着せてもらった。ところが、初回のスペシャル番組で、みんなてんやわんや。局のメイクさんがどこにいるかわからない。そんなワケで、私は他の人（男性）がつれてきたメイクさんに、

「すみませんねぇ……」

と頼んでパフで顔を直してもらっちゃった。

この番組、人は多いし、芸能人はいっぱい見られるし、出るのとても楽しいかも。しかしモニターを見ていた隣りの奥さんに注意された。

「食べる時、真剣すぎてすごくコワい。顔に皺がいっぱい寄ってるわよ」

テレビにキレイに映るコツ、誰か教えてほしい。雑誌と違って、それは元がよくなきゃダメかしら？

困ったときのチョロランマ

別名〝チョロランマ〟と呼ばれる私のクローゼット。

ここは私にとっても秘境の地である。中に何があるかほとんどわからない。たくさんの〝お宝〟が眠っているのであるが、洋服が床にまで散らかっている混乱のため、全く把握出来ていないのだ。

あまりにもたくさんの洋服が途中で回転ハンガーにひっかかっているため、奥に入ることが出来ない。よって私は手の届くものだけでコーディネイトしている毎日だ。

ところでこのチョロランマ、入って左手のところが棚になっている。私はここにニットをしまっているのであるが、もちろんきちんとたたんでいるわけではない。ぐちゃぐちゃに積み重なっている。

秋も深くなったある日、私はここからベージュのニットをとり出して着てみた。これをこげ茶のジャケットと組み合わせるつもり。

鏡の前に立って着てみる。すると胸の下に二個の穴を発見。仕方なく今度は白のニットを着てみた。すると同じような穴が……。

〝チョロランマ〟を
何とかするようにと、
そのセーターは言った。

「キャ～～ッ」

やっと事態がわかった私。虫が喰っていたのである。

今まではただ、だらしないだけで済んだ。しかし今ははっきりと被害があらわれたのである。大好きなプラダのカシミアのニットを、二枚捨てるはめになったのだ。

口惜しい……。

私はすぐさま駅前のドラッグストアに走り、大量の防虫剤を買ってきた。そしてニットをかたっぱしから引き出しに入れ、防虫剤を中に入れたのである。

私は反省した。今度こそ本気でチョロランマを何とかしなくては、私の洋服はみんな虫のエジキになってしまうのではないだろうか。

こうなったら断捨離だワ。私は処分するべき洋服を袋に詰め始めた。しかしあれもこれも惜しいものばかり。もう少したてばヴィンテージになりそうな気がするし……。とはいうものの、何とかこのチョロランマをすっきりさせなくてはならない。

私は苦渋の選択をしながら、かなり大量の服をダンボールに詰めていった。これらの服は、私の故郷山梨へ行き、イトコたちのために活躍してくれるであろう。

一方でこんなに服を処分しながら、やっぱり新しいものは欲しくてたまらなくなる私。このあいだ久しぶりにジル・サンダーへ行ったら、私のサイズのものをラックにかけて用意していてくれた。

その中にありました！　ピンクのカシミアのコート。それはそれは美しい色をしていて、肩で着るようになっている。今シーズン、いろんな雑誌のグラビアを飾ったアレだ。私はさっそく羽織ってみた。まるで似合わない。なんだかピンクのカタマリが歩いているようではないか。

「やっぱり小雪さんじゃないとダメなのね……」

小雪さんがこのコートを着ていた写真は、ため息が出るくらい素敵だった。やはり彼女ぐらいの顔の小ささと美貌でなければ、このコートは着こなせまい。

美人じゃないのがホントに悲しくなるのはこんな時。着る人を選ぶ服というのは、この世にいくらでも存在するからだ。そのルールを破って着ている人に、世間の風は冷たい。ヴァレンティノやシャネルの新作を、ビミョウな女性が着ていると、みんな「ふーん」という感じである。

「こういうもんは、女優さんとかが着るもんじゃないの」

と皆が思っているからだ。

私の知り合いで、大金持ちのお嬢さまがいる。名前を聞けば誰でも知っている老舗企業の、オーナー社長のお嬢さまである。が、残念なことに彼女はあまり容貌に恵まれていなかった。ふつうお金持ちというのは美人と結婚するので、その娘や息子はかなり改善されるはずだ。しかし彼女の場合は、どこかで遺伝子がうまくいかなかったみたい。

彼女はお洋服が大好きで、高級ブランドも、先端のトレンドものもよく買っていた。が、悲しいことに着るものがおしゃれであればあるほど「残念」という感じになるのだ。

が、このあいだあるパーティーで出会ってびっくりした。話しかけられたのであるが、誰だかまるっきりわからなかったのである。かなり大々的に顔をお直ししたらしい。タレントさんのような顔になっていて、ディオールっぽいスーツがとてもよく似合っていた。それどころか女優さんのようなオーラを発しているのだ。

「ふうーん」

私は感心してしまった。彼女は単にコンプレックスからでなく、ファッションのために整形手術をしたのではないだろうか。それならそれでリッパではないか。そのディオールのスーツは、パーティー会場でも映えて、彼女はとても素敵だった。

が、さらに思う。着る人をいちばん選ぶファッションは、デニムにフラットシューズかもしれない。よく女性誌のグラビアに出てきて、私も真似するが、まるっきり違う。脚の長さ、顔の小ささがまるで違うのは当然として、何でこれほど似合わないのか……。そうだ、チョロランマを探検しよう。昔に買ったシャネルのパーカーを発見出来るかも。あれを味方につければ……。私、やっぱり断捨離出来そうもないです。

もっと光を！

人間ドックで、久しぶりに大腸検査をすることになった。やりたくないけど仕方ない。このあいだお腹が痛くて病院に駆け込んだところ、

「たまには、ちゃんとドックやったらどうですか」

と勧められたのである。

人間ドックを受ける際は、

「夕食は七時までに済ませること」

と決められている。

その前の夜はハローウィンで、うちでお菓子を配っていた。途中で気づいたらもう八時を過ぎている。ま、いいかと夕食はパス。そして二時間かけて下剤の液体を飲み、お腹の中をすっきりさせたら、なんと一キロ体重が減っているではないか。

「なーんだ。痩せるなんて食べなきゃいいんだ。カンタンじゃん」

私はごくごく当然のことに気づいたのである。

しかし私は食べなければならない。年末は会食の予定がぎっしりだ。流行のお店や老舗、上海ガニに河豚《フグ》、お鮨にフレンチとわくわくするようなお皿が私を待っている。

それにご存知かもしれないが、フジテレビの「アイアンシェフ」(「料理の鉄人」のリメイクですね)の審議委員になった私。委員はたまには審査をすることになっている。このあいだはスペシャル版を撮りに湾岸スタジオへ向かった。

「この頃ハヤシさん、よくテレビに出てるね」

と多くの人から言われるが、これも写真集を売るためであった。プロモーションのために、テツオがあちこちのテレビ局のツテを頼って、いろんな番組に出られるようにしてくれたのである。

おかげで「テレビに出るんだ」ということで、いろんなところから出演依頼が舞い込んだ。

若い人は知らないかもしれないが、私は昔、テレビに出まくっていたことがある。まずはフジテレビのキャンペーンキャラクターをやったのがきっかけであった。それから情報番組のMCを二本やり、クイズ番組に出て、CMはお酒とワープロ(懐かしいですね)の二つをやってた。

が、直木賞の候補になってからはいっさいやめた。本業が忙しくなったのと、テレビに出ている私は、すご〜く太ってブスに映ったからである。そりゃあ実物がいいなんて言いませんよ。それにしても画面に出てる私ってひどすぎる……。

あの頃も、そして今も、編集者たちは言ったものだ。

「僕たちって、ハヤシさんをうんとキレイに撮ろうって、カメラマンも考えてヘアメイクさんにも頑張ってもらう。写真チェックする時も、うんといいのを選んでる。だけどテレビの人たちは、ハヤシさんに愛情も何も感じてないからね……」

そりゃそうです。マガジンハウスの雑誌をはじめ、おつき合いのある雑誌に出ていれば、私もそこそこの評価を得られるかも。そうよ、グラビアというのは、私を守ってくれているのよ。

が、今度のキャンペーンをきっかけに、私は冒険の旅に出た。そお、テレビという冒険。こちらの世界は、長いこと行かなかったらすごく変わってた。ハイビジョンや大画面で、毛穴までバッチリ見えるではないか。

「やだ、私、とても今のテレビに出る自信ないよ」

と言ったところ、テツオは、

「大丈夫。アンタももうトシだし、キレイに見えるとかそういうことは関係ない域に入ってるから」

だと……。

というわけで、「アイアンシェフ」のお仕事は、

「おいしいものが食べられそう」

という食い気でついとびついてしまったのである。

といっても、私はプロダクションに入っているわけではなく、うちには変わり者の秘書がひとりいるだけ。プロモーションの出演の場合は、テツオやハッチがついてきてくれたが、「アイアンシェフ」の場合は一人で行かなくてはならないのかしら……。

というこことを犬の散歩の時に言ったら、隣りの奥さんが、

「私がついていってあげるわ」

ということで、一日付き人を引き受けてくれたのである。

そして当日、二人でフジテレビ湾岸スタジオに向かった。テレビ局は言ってみると私のアウェイ。いつもドキドキする。が、ここでも私の知らないことが増えていて、夕食はお弁当ではなく、ケータリングになっているではないか。おいしそうなので、私は親子丼を食べ、隣りの奥さんは焼きソバとデザートにティラミスを選んでいた。ところで「アイアンシェフ」の司会は玉木宏さんだ。

「本物もすごーく素敵！　なんてハンサムなの！」

と奥さんはスタジオで見て大喜びだ。

そして放映となった。いつもは「見たよ」とメールをくれる友人たちのリアクションが皆無。キッチンスタジアムの照明って、食べもの以外の私には愛情が全くないことを確認した。シワがくっきりであった……。

頑張れ！若き女子たち

前にお話ししたと思うが、久しぶりに大腸がんの検査を受けた私。前日は夜から絶食し、当日は一日中下剤を飲み続ける。大腸をからっぽにするわけだ。

そうしたらびっくり。いっきに二キロ近く痩せてしまったではないか。

しかし問題がある。トシマが急激に痩せると、顔に生気がなくなり、皺も目立ってくる。そしてコワイことに、頬が垂れてくるのである。

「なんか急いで食べよう」

と私は思った。これだけ頑張ったので、好きなものを食べてもいいような気がしてきたのである。

まずはふだんは食べない大好きな菓子パンを買いに近くのお店へ。そこで季節限定・栗入りのクロワッサンを買ってきた。そお、私は栗入りのものに目がない。ついでに、もらいものでうちにあった栗むし羊かんもいっぱい食べた。

夜は上海蟹に北京ダック。次の日は休みだったので、クルミとバナナのケーキを焼い

た。

そしたらびっくり。今度はたった二日で二・五キロ太ったではないか。

友人は言う。大腸をからっぽにしたら、ものすごく吸収がよくなる。何年に一度かの大掃除だ。言ってみれば、キレイになった部屋にどんな家具を入れるか考えるようなもの。よーく考えて、ピカピカのスタイリッシュなソファを置くことも出来た。それなのに私は、相変わらず「飽食」という古びたソファを何とはなしにぎっしりと並べてしまったのである……。悔いが残る。が、仕方ない。もう食べちゃったのだから。

ところで私のまわりで、いちばんの美食家といえば、どう考えても秋元康さんであろう。ものすごくいろんな店を知っているし、使ったお金もハンパじゃない。そして秋元さんのいいところは、まわりの人たちにおごりまくってくれること。評判の店に仲間を何人も連れていってくれて、皆が喜ぶのを見るのが大好き、という天使のような人だ。私もよくご相伴にあずかる。

私は秋元さんのようなお金持ちではないが、人にご馳走するのがやっぱり好き。なかなか予約出来ないお店の個室をとって、メンバーをあれこれ考える。ひとりは友人のふつうの主婦だから、あとは派手な人じゃなくて、会話を楽しめる知的な人にしよう。久しぶりにあの脚本家を誘ってみようかな。初対面でも話が合うはず、などとあれこれ考えるのも楽しい。

またこの頃はオヤジ趣味になってきて、若い女の子たちを集めることもある。私は昔からキレイな若い女の子を可愛がるという趣味があった。それがこのところ、ややキャリア志向になってきたかもしれない。かわいいだけじゃなくて、仕事をもって頑張っているコが好き。

大腸の検査を終えた日、私が高級中華料理店に誘ったのは、今年就職したばかりの私の姪っ子、そして出版社の新入社員A子さん、インターネットの仕事をしているB子さんである。

B子さんは私の姪っ子の憧れの人だ。大学生の頃からカリスマブロガーとして活躍して、大手広告代理店に勤めていた。その後はヘッドハンティングされて、インターネットの会社の重役となっている。といってもまだ二十代後半の若さだ。美人で聡明。しかもバリバリのキャリアというよりも、おっとりしたお嬢さんの雰囲気をもっている。

B子さんは食べることも大好きで、上海蟹をとても喜んでくれた。食べるのは人生二回めぐらいだと言う。

「オスとメスいっぱいずつにしたの。おいしいわよー」

と私が言ったとたん、ちょっと失礼と彼女はいきなり席を立った。トイレにしては長いし、いったいどうしたのかと心配していたら、お店の人がやってきて言う。

「トイレの前で倒れたので、救急車呼びました」

えー、なんですって！　が、B子さんはすぐに元気を取り戻して席に戻ってきた。飲み物だけ口にして、会話に混じったのはさすがである。彼女はしきりにわびてメールもくれた。

「大好きなハヤシさんの前で恥ずかしい」

だけど気にすることはないよと私は応えた。私もコピーライターをしていた若い頃、貧血でしょっちゅう倒れたものだ。特に暮れになるとひどかった。睡眠不足に疲労、ストレスが重なり、それにアルコールが加わると、突然目の前が真っ暗になったものだ。救急車が来たこともあるし、高級なバーでスツールごと後ろに倒れたこともある。

しかし今となってみると、若い頃倒れるぐらい頑張れる仕事とめぐりあえるとは、なんて幸せだったんだろうか。

そこそこの幸せや成果ばかり求める世の中にあって、眠る間も惜しんで頑張るB子さん、そして他の二人のなんと頼もしいこと。

そうだよ、今のうちに頑張れば、好きな時にいくらでも上海蟹食べられる人生が待っている。その時はまわりの若いコにもおごってあげてねと、私は言わずにはいられない。そう、蟹やフグやフレンチなどの美食は、こうした女の子を中心にまわっていくかも。

〝神さま〟の自覚

最近、最新作の新聞広告に、

「恋愛小説の神さまが書いた本」

とあった。

もちろんお世辞というやつであろうが、「神さま」という言葉にジーンときた。その後、ある感慨がこみあげる。

「どうして男の人というのは、恋愛小説の神さまと恋愛したがらなかったのであろうか……」

そうよ、若い時からモテたことがない。そりゃあ、何人かの男の人とおつき合いをしたけど、みんなフラれたような気がする。

私はかねがね男の人に、

「FOだけはイヤだからね」

と念を押していた。そう、フェイド・アウトというのは、音楽の場合、次第に音を小さくして消していくことである。私、こういうの大嫌い。せっかく別れるからには、ちゃん

としたセレモニーがあり、なんかモノもいただきたい。
私の友人は、離婚ももちろん、男の人と別れる時、ちゃんと何かしらのものを貰ってい
る。そお、大人の恋愛というのは金目のものが介在するのだ。別にみんな宝石や高価な
バッグが欲しいわけではないだろう。ただ二人で過ごした時間というものに、何かしら価
値を与えて欲しいだけなのだ。
　が、大人の女というのは同時にプライドが高い。
「おミズの人と違うもん、私は自立している女なんだから、お金なんか関係ないもん」
という態度を崩さない。したがって何もいただけない女の方が多いのではないだろう
か。私はいつも、何もなくさようならをしてきたが、これってものすごく損をしているの
ではないかと、時間がたってもロ惜しい。都合のいい女だったと腹が立つ。恨む男の人は
何人もいる。悲しい思い出もいっぱい……。こんな私が、どうして恋愛小説の神さまなの
だろうか。そうよ、実生活と創作とは違うもんね。
　ところでこのところ、私は「歩く生活」を実践している。この夏は残暑がひどくて、九
月の終わりになっても、三十五度なんていう日が続いていた。だから一日に何回もタク
シーを使った。近い距離でも無線のタクシーに家まで来てもらっていたのだ。おかげでも
のすごくお金もかかった。
　が、もうこんな季節である。出来るだけ電車に乗ることをモットーにしている私。ある
ダイエットの本によると、お腹をひっこめて毎日少しずつ歩くだけでも、ものすごくいい

エクササイズになるということである。

　そういえば私はよく地下鉄に乗るが、エスカレーターのない駅では、階段をがんばって上る。あれっていい運動になっているに違いない。

　私の友人のお金持ち、若手の経営者といわれる人たちは、いつでもどんな時でも運転手付きの車に乗っている。そして運動不足ということで、ものすごくお高い個人トレーナーを頼んで、うちでエクササイズしているのである。

「あんなことしなくたって、電車に乗ればいいじゃん。エスカレーター使わずに階段上がればいいんだから」

　と言ったところ、セレブというのは忙しく、電車に乗る時間などないそうだ。でも個人トレーナーに来てもらう時間はある。へんなの。

　それはまあいいとして、私は最近パスモがどんどん減っていくのが嬉しくて仕方ない。体にいいことをやって、しかもセーブマネーをしているという実感があるのだ。

　しかしここで困ったことに、このところ少々テレビに出たところ、いっきに顔バレするようになったのである。

　つい先日、講演会で千葉に行くことになった。当然のことのように、ひとり総武線に乗る私。四ツ谷を過ぎた頃から空いてきて、座ることが出来た。最初は本を読んでいたのだが、いつしかうつらうつらしてしまった。気づいた時はぐっすり眠っていた。途中で気づき、わー、恥ずかしいとあたりを見回した。するとすぐ傍に立っていた女の子が話しかけてきたのだ。

「ハヤシマリコさんですね。握手してください」

恥ずかしいなんてもんじゃない。神さまが居眠りしているところを見られてしまったのだ……。

神さまなら、もう少し身のまわりに気をつけなくては。このところ美容サロンに行く回数も、お洋服を買うこともぐっと多くなった。なぜなら、いろいろなところで、

「ハヤシさんでしょ」

と声をかけられることが多くなったからだ。昨日なんか、通りがかりの人に、

「美しさのオーラが立ってた」

と言われたもん。本当だもん。もうこうなったら張り切っちゃうから。

ところでお世辞とはいえ、オーラが立っている私なのに、男の人はまるで寄ってこない。若いのもおじさんも近寄ってこない。

いったい私のどこがいけないのだろうか……。

今日も小田急線の中で、またうとうとしてしまった。足開いて居眠りばっかしてるおばさん。やっぱり来るはずないか。しかし私よりもずっとひどいおばさんも、このあいだ再婚した。私はよくわからない。

〃睫毛力〃向上中

冬はおいしいもののオンパレード。フグに蟹、そしてアンコウ。お鮨もお魚の味がぐっと締まるような気がする。

こういうものを毎日食べていたら、体重がぐんぐん上昇した。そお、お芝居の後にお鮨を食べたら、いっぺんに一・五キロ太ったのである。が、仕方がない。劇場帰りに感想を語りながら、おいしいものをあれこれ食べるぐらい楽しいことがあるだろうか。

このところ私は、「エリザベート」のガラ・コンサートを、二回続けて観に行った。名作の誉れ高い宝塚のミュージカル「エリザベート」のガラ・コンサートである。これはもともとウィーンでつくられたミュージカルなので、素晴らしいナンバーがいっぱいだ。それを実力ある元宝塚トップの人たちが歌い上げるのである。前評判もすごくて、たちまちプラチナチケットとなった。渋谷ヒカリエの大ホールは、三階まで満席だ。

私は熱烈なヅカファンというわけではないが、今回のコンサートには本当にしびれた。最高であった。

特に男役の方々のカッコいいこと、りりしいことといったら……。涙が出てきそうになってしまう。

そうしたら休憩時間、

「ハヤシさん」

という声にふり返ると、後ろの席に君島十和子さんご一家が。このご一家、全員美形で、お嬢さん二人ものすごく可愛い。そして髪をひとつにたばね、マダム風にエレガントなジャケットを着た十和子さんの美しいことといったら……。

コンサート会場には、女優さんや有名人もいっぱい来ていたが、みなの視線は十和子さんにくぎづけだ。

「今日のコンサートも最高だよね」

「春野寿美礼さん、本当にキレイですよねぇ」

などと話しながら歩く私たち二人を、席に座る人たちがいっせいに見る。ちょっと得意。しかし私は山梨から直行したので、なんというか髪もバサバサ、カントリーのにおいをひきずっていたような気がする。

実はその前日、私は十和子さんとランチをとっていた。三ヶ月に一度ぐらい、もう一人の友人を交えてランチをするのであるが、これはもう特別の時間である。楽しいことは楽しいが、女として猛省する時でもあるのだ。

十和子さんを間近で見られる幸せがまずある。

私はかねがね、

「中年の女は睫毛のエクステをしてはいけない」

といろんなところで言ってきた。私のまわりでも、エクステをしている女は多いが、四十をすぎた人の瞼は、そうでなくても重い。それが睫毛の重みでいっそう垂れてくる。

「そうなんです」

美容のエキスパートである十和子さんが言った。

「ご存知ですか、エクステというのは、睫毛の一・五倍の重さがあるんですよ。だからどうしたって下がってきますよね」

という彼女の睫毛は、まるで少女漫画のようにくっきり長く濃い。というよりも現実のものとは思えないほど、ぎっしりボリュームのある睫毛なのだ。

「十和子さん……。それって、本物の睫毛だよねぇ……」

失礼な質問をしたにもかかわらず、

「そうですよ」

と頷く十和子さん。そうすると睫毛が揺れて、真っ白い陶器のような肌に影をつくる。

「私は自分のところのマスカラだけで仕上げているんです」

信じられない。マスカラだけでこの長さと密度。

私は十和子さんを見つめるたびに、

「女の魅力というのは、睫毛と肌だワ」

と思わずにはいられない。

よくつけ睫毛をバサバサつけている若い女のコがいるけど、肌が荒れているので、なんかイカさない。きめの細かい肌があるからこそ、影が出来て長い睫毛は効果的なのだ。

ところで話は変わるようであるが、ポーラの研究所が、全国の女性を対象に調査したところ、

「日本で肌がいちばん美しい県は島根」

という結果が出た。そして二番めは……、そう「山梨」なのである。この調査の後、みんなから言われた。

「やっぱりねぇ、ハヤシさんの肌、キレイだもんねぇ」

であるからして、私は睫毛さえ長く濃くなれば、結構いいセンいくのではないだろうか。

そしてここに秘密兵器が。十和子さんがご自分の会社のマスカラと、睫毛用美容液をくださったのだ。私はそれ以来、

「長ーくなあれ。十和子睫毛になあれ……」

とつぶやきながらマスカラを塗っているのである。

ところでランチの時に二人で撮った写メを夫に見せたら、

「人種が違うっていう感じだよな」

だと。どうやら肌と睫毛の差だけではないらしい。

コートはコワい

今年もそろそろ終わりになろうとしている。今年も本当に忙しい年であった。仕事も遊びもいっぱいしたけれども、特筆すべきことはこの「美女入門」の集大成ともいえる、『桃栗三年美女三十年』を出したことだ。

私とテツオはこれを「ファースト写真集」と銘うって、いろんなプロモーションを頑張った。久しぶりにテレビの情報番組にもいっぱい出た。

その前にダイエットをやっておいて本当によかった。大デブから小デブになれたからである。そのため洋服のサイズが小さくなり、いろんなものを着られるようになった。おまけに、テレビや雑誌にたくさん出るため、お洋服代の本当に大変だったこと……。

そして買ったお洋服を、私は〝チョロランマ〟こと、奥に入れないぎゅうぎゅうのクローゼットに詰め込んだ。そしてそこに〝ムシ〟が発生したことは既にお話ししたとおり。

そこで私は〝断捨離〟を決行することにした。そお、とにかくモノを捨てることを自分に課したのだ。

しかし私は今回、あることを発見した。洋服に関して、私はかなりケチだということをだ。元の値段を考えると、〝田舎〟に送るのは口惜しい。それにこのジャケット、駅前のリフォーム屋さんでパッドをとってもらえば、また着られるような気がするの……。と、ぐずぐずと悩む私。コートなんか、紺色だけで五枚あった。毎年人にあげても増える。あたり前だ、毎年二枚ずつ買ってるんだもの。

コートを毎年買う人なんて、あんまりいないと思う。「一生もの」というのはあり得ないとしても、オーソドックスな形のものを選んで五、六年は大切に着る。それなのに私は、毎年、目新しいコートが出ると、買わずにはいられない。

今年は早めに、プラダでものすごく可愛いAラインのコートを買ってしまった。紺色なんか他にあるのがわかっていても、諦め切れなかったのである。

が、ここで問題が。あまりにも早い時期に買ったので、そのコートは薄手のウールで、真冬にはちょっと寒いかもしれない。それで私はもう一枚、厚手のコートが欲しくなるのである。

ところで今年、私は憧れていたコートがあった。それはジル・サンダーのコレクションに出ていたもの。一枚仕立てのラップコートで、ペールピンクとベージュのリバーシブルになっていた。本当に本当に美しいコートである。青山店に行ったところ、そのコートがあったので試着させてもらった。そして鏡の前に立ち、「ヒィーッ」と声をあげる私。コートというのは、ふつう誰にでも似合うようにつくってあるもんでしょ。それなのにそのコートは、まるっきり私を拒否しているかのようだ。

「アンタなんか、私を着ないでちょうだい」

そのカシミアのコートは言った。そしてお値段を聞いたら、百十万円だと。二回めの「ヒィ〜〜」である。負け惜しみに私はこんなことを言った。

「このコート、絶対に日本人には似合わないわ」

「そうですかね」

店員さんは困った顔をしてる。

「そう、これをコレクションで着てる写真は、プラチナブロンドのショートカットの白人モデル。顔が私の握りこぶしぐらいの大きさの人が着てたわ。やっぱりこれって、白人のモデルさんか女優さんが着るものなんじゃないかしら」

「でも、ハヤシさんもよくお似合いでしたよ……」

店員さんはお世辞を言ってくれたけれども、それはあまりにもみえすいてる。その後に、

「パワーで着こなせますから……」

と、彼女はうんと小さい声で言った。

「そもそも、このピンクとベージュ、日本人の肌には絶対合わないわよ。黒い髪にも

さー」

買わない（買えない）くせに、こんなにケチをつけるお客ってイヤですねぇ……。

「そうよ！　白人が着るものなの。日本人が着るものじゃないわ」

だが、その時思い出した。雑誌のグラビアで小雪さんが着ていらして、ものすごく似合っていたことを。だけどあの人は別。あのくらいの背と美貌を持ってれば、何だって似合うのよ。ところで帰りぎわ、

「あの、これ、もうお買上げになる方がいらっしゃるんですよ」

と聞いてますますびっくり。いったいどんな人が着るのであろうか。それにしてもコートはコワい。面積が大きいため、ひと目でいろんなことがわかる。材質からおしゃれ度、そしてセンス。同じ紺のコートでも小物づかいでカッコよく着る人もいるし、ただの防寒のためにだけ着てるように見える人もいる。

おととい、二年前に買ったセリーヌのコート（紺）を着ていったら、それを見て、

「あ、こんなにいっぱいほつれてるよ」

と言った人がいた。それってわざとへりを細工してるのに、私が着るとほころびたコートに見えるらしい。

初出『anan』連載「美女入門」（二〇一一年十月十九日号〜二〇一二年十二月二十六日号）

林 真理子（はやし・まりこ）
一九五四年山梨生まれ。コピーライターを経て作家活動を始め、八二年『ルンルンを買っておうちに帰ろう』がベストセラーに。八六年「最終便に間に合えば」「京都まで」で直木賞、九五年『白蓮れんれん』で柴田錬三郎賞、九八年『みんなの秘密』で吉川英治文学賞をそれぞれ受賞。小説に『六条御息所 源氏がたり』『正妻 慶喜と美賀子』など。エッセイ集に「美女入門」シリーズ『美女と呼ばないで』などがある。公式ブログ「林真理子のあれもこれも日記」(http://hayashi-mariko.kirei.biglobe.ne.jp)

突《とつ》然《ぜん》美《び》女《じょ》のごとく

二〇一四年五月二六日 第一刷発行

著者 林 真理子
発行者 石﨑 孟
発行所 株式会社マガジンハウス
〒一〇四-八〇〇三
東京都中央区銀座三-一三-一〇
電話 受注センター〇四九(二七五)一八一一
書籍編集部〇三(三五四五)七〇三〇
印刷・製本所 凸版印刷株式会社
ブックデザイン 鈴木成一デザイン室

 ISBN 978-4-8387-2561-8 C0095